だいわ文庫

2時間でおさらいできる

日本文学史

板野博行

大和書房

◉知らないなんてモッタイナイ、読まないなんてモッタイナイ、日本文学!!

上代から現代まで、日本文学の流れを一気に理解できる本を書きたい！　その思いを抱いて早や十年以上。今回、この本を書く機会を得て、たくさんの本を読み返してみて思ったことはただ一つ、日本の文学はとにかく面白い！

『万葉集』の中で山上憶良《やまのうえのおくら》が「言霊《ことだま》の幸《さき》はふ国」だと書いているように、言葉には霊力が宿っていて、その霊妙な働きによって幸いがもたらされる国、それが日本であるというのは本当の本当です。

日本語で書かれた文学は、世界に誇れるレベルの内容を持ち、素晴らしい作品が山のように創られてきたのです。読まないなんてモッタイナイ!!

ところが、学校で習ってきた日本文学史は、ただ本の名前や作者の羅列であったり、試験のために棒暗記させられたりしたものが大半です。

「『平家物語』と同じ軍記物語を選べ」と試験で問われて、「えーっとなんだっけ、というか、何でこんなものを覚えなければいけないんだ⁉」という疑問を持ったまま大人になった人も多いのではないでしょうか。

そこで、この本ではただの羅列に過ぎない文学史の紹介の仕方ではなく、内容はもちろん、作品の成立や背景、そして作者の面白エピソードなどを交えながら、日本の文学が本当に面白く、読むに値《あたい》する素晴らしいものであることを立体的に紹介していきます。

この本は「中古」や「中世」などの大きな時代区分や流れを押さえつつ、ダイナミックに千三百年にも及ぶ日本文学を語っています（そのぶん、泣く泣くカットせざるをえなかった作品・作者も多かったのです……）。

そして、作品そのものの面白さを伝えるために、以下のような工夫をしました。

①原典を知るためのあらすじや有名かつ象徴的な箇所を多数引用
②作品の評価や位置づけ、作者についての興味深いエピソードを豊富に記述
③作品をより深く楽しく理解するための背景知識を掲載

こうした、立体的なアプローチによる日本文学史とすることで、飽きずに楽しく日本文学を学ぶことができるはずです。

そして、この本で紹介されている豊穣なる日本の文学作品に興味が湧いた方は、是非実際に作品を手に取り、読んでみてください。それこそこの本を書いた者として最上の幸せです。

2016年秋

板野博行

2時間でおさらいできる日本文学史　【目次】

第1章 上代 CHAPTER 1

第2章 中古 CHAPTER 2

説話文学の誕生と平安末に流行した歌謡

第3章 中世 CHAPTER 3

第4章 近世 CHAPTER 4

第5章 近代 CHAPTER 5

第6章 現代

CHAPTER 6

第1章 CHAPTER 1

上代
JODAI

上代の文学まとめ

① いつの時代？……
一般的に飛鳥時代・奈良時代を指す。

② ひとことで言うと……
統一国家のもと、神話や皇室の歴史をまとめたり、口承されていた神話や歌謡が、漢文と万葉仮名を使って書きとめられたりした。

③ 押さえておきたい作品……
『古事記』『日本書紀』『万葉集』

神話の時代と和歌の揺籃《ようらん》期

日本文学史の始まり

◉天武天皇が命じて作られた2冊の書物とは?

日本文学のスタート!! という意味でいえば、まず「記紀《きき》」と称せられる『**古事記**』と『**日本書紀**』がその嚆矢《こうし》に当たる。しかし、この二つの書物は似ているようでいて比べてみると実は全然違うものだ。

まず同じ点はといえば、どちらも天武《てんむ》天皇(631?-686)の命令で作られたということ。天武天皇といえば、大化の改新の後、兄の中大兄皇子《なかのおおえのおうじ》(のちの天智《てんじ》天皇)を助け、中央集権的な国づくりに協力した人だ。兄の天智天皇が亡くなった後、672年に壬申《じんしん》の乱を起こして天智天皇の息子である大友《おおとも》皇子を倒し、即位した。

天武天皇は、皇室の支配の正当性を国の内外に知らしめる目的で国史編纂の一環として、『**古事記**』と『**日本書紀**』を作ることを命じた。

◉『古事記』と『日本書紀』の違いとは？

ではこの2冊の違う点は、というと、まず**圧倒的な数量差**にある。『古事記』は全3巻であるのに対して、『日本書紀』は全30巻（十系図1巻、但し現存せず）。実に10倍の巻数差だ。当然、編纂《へんさん》期間も違っていて、『古事記』は天武天皇が稗田阿礼《ひえだのあれ》に誦習《しょうしゅう》を命じた後、太安万侶《おおのやすまろ》が中心となって執筆し、さらに元明天皇の命を受けてから1年後の712年（和銅5年）に完成!!

一方の『日本書紀』は同じく天武天皇の命令の下、10人を超える大所帯で編纂に取り掛かり、途中天武天皇の死によって一時

◆『古事記』と『日本書紀』の比較

	古事記	日本書紀
成 立	和同5（712）年	養老4（720）年
発起人	40代天武天皇	40代天武天皇
編 者	稗田阿礼が語り、太安万侶が撰録	舎人親王
巻 数	3巻	30巻・系図1巻（現存せず）
内 容	神代～33代推古天皇	神代～41代持統天皇
目 的	天皇家を中心とする国家統一の正当性を示す（国内向け）	国外に日本の国の正当性を示す（国外向け）
表 記	変則の漢文体	漢文

作業が中断されるなどの苦難があったものの、舎人《とねり》親王らが受け継ぎ、**39年もののち**の720年（養老4年）にやっと完成した書物なのだ。

◉稗田阿礼は28歳の記憶の天才!?

『古事記』の語り部である**稗田阿礼**は「女性」であるという説もある。稗田阿礼のことは『古事記』序文に次のように書かれている。

「一人の舎人がおりました。その氏は稗田、名は阿礼。年は二十八歳。生まれつき聡明な人で、一度目に触れたも

のは即座に暗誦し、一度聞いた話は心に留めて忘れることがありません。そこで天武天皇は阿礼に仰せ下されて、『帝皇《ていおう》の日継《ひつぎ》』と『先代《せんだい》の旧辞《くじ》』を誦み習わせなさったのです」。

稗田阿礼は天武天皇のそばに仕える舎人という役職についていた。それにしてもなぜ28歳と、具体的に書かれているのだろうか？　天武天皇に気に入られていたことは間違いないが、「男性だ」「いや、女性だ」「藤原不比等《ふひと》の別名ではないか（梅原猛氏の説）」など諸説紛々、謎の多い人物だ。

◉日本最古の歌集、『万葉集』の「ますらをぶり」とは？

『万葉集』は我が国最古の歌集で、奈良時代末期（8世紀中頃）に成立したと考えられている。全20巻、約4500首もの大作で、最後にまとめあげたのは**大伴家持《おおとものやかもち》**であることは確実だ。

『万葉集』に収録された作品は約450年にわたっているので、歌風は四期に分けられる。第一期は古代歌謡の面影を残しつつ素朴で清新な作風、第二期は**柿本人麻呂《かきのもとのひとまろ》**

に代表されるような宮廷歌人が現れ、表現技法を駆使した重厚な歌が詠まれた。第三期は『万葉集』の最盛期にあたり、山部赤人《やまべのあかひと》・山上憶良《やまのうえのおくら》・大伴旅人《おおとものたびと》らが知的で繊細な歌を詠んだ。最後の第四期になると、歌は優雅で技巧的なものになり、次代の平安朝につながるものになっている。

江戸時代の国学者である賀茂真淵《かものまぶち》は、『**古今和歌集**《こきんわかしゅう》』以後の「**たをやめぶり**（＝女性的で、優美・繊細な歌風）」に対して『**万葉集**』を評して「**ますらをぶり**（＝男性的でおおらかな歌風）」と言った。

『百人一首』にも収められている持統天皇《じとう》の歌は『万葉集』にも収められている。その二つの歌の違いが非常に特徴的なので比べてみよう。

春過ぎて　夏来《きた》るらし　白妙《しろたへ》の　衣《ころも》干したり　天《あめ》の香具山《かぐやま》（『万葉集』所収）
春過ぎて　夏来にけらし　白妙の　衣干すてふ　天《あま》の香具山（『百人一首』所収）

比べてみると、「衣干したり（＝干している）」が「衣ほすてふ（＝干すという）」に変えられているように、『万葉集』が直接的に見たままを詠んだ力強い表現なのに対して、『百人一首』は伝聞表現でアタリがやわらかく、余情が感じられる。

◉柿本人麻呂は天才的なコピーライター!!

『万葉集』で最大の歌人といわれるのは、**柿本人麻呂**《かきのもとのひとまろ》だ。特に得意だったのは公式な儀式の場で詠まれることが多かった長歌で、「長歌の完成者」と呼ばれている。長歌とは、五・七、五・七を繰り返し、最後を五・七・七とするものだ。また、人麻呂は「**枕詞**《まくらことば》」の名手で、彼の独創による枕詞は軽く30を超えている。今で言うなら天才的なコピーライターだ。

ただ、人麻呂作としてよく知られている『百人一首』の「あしびきの　山鳥の尾のしだり尾の　ながながし夜を　ひとりかも寝む」は、『万葉集』巻十一においては作者未詳の歌となっている。

この歌は、「あしびきの」という枕詞や、「あしびきの山鳥の尾のしだり尾の」という**序詞**が使われていて、さらに、上の句だけで「の」が4回も出てくるため、じわじわと歌い手の「一人寝の寂しさ」が伝わってくる大傑作に仕上がっている。そうした点で、「きっとこの歌は、歌聖・柿本人麻呂が作ったに違いない!」ということになったのだろう。

◉『万葉集』の評価は下がったり、上がったり⁉

『万葉集』に収録されている歌は、天皇から貴族・下級官吏、果ては農民や乞食・遊芸人までに及び、防人《さきもり》の歌もある。『万葉集』以後の和歌の担《にな》い手は、平安時代に勅撰される『古今和歌集』などに象徴されるように、庶民から貴族へと移っていく。やがて、和歌は次第に貴族の独占物となり、『古今和歌集』以来の伝統を重んじる旧態依然としたものになる。そうした中、『万葉集』は忘れ去られてしまっていた。

しかし、江戸時代の国学者・契沖《けいちゅう》が『万葉集』の注釈・研究書『万葉代匠記《だいしょうき》』を著《あらわ》し、明治時代に**正岡子規**《まさおかしき》が登場するに及んで、『万葉集』の評価は劇的に高まった。正岡子規は『**歌よみに与ふる書**』において、『古今和歌集』を否定する一方で『万葉集』を再発見して高く評価し、「万葉に帰れ」という文学運動を興《おこ》した。それが、伝統的な和歌から近代短歌への転機となったのだ。

第2章 CHAPTER 2

中古

CHUKO

中古の文学まとめ

① いつの時代?……

平安時代。794年平安京遷都〜源頼朝が鎌倉に幕府を開く(1185年ないし1192年)までの約四百年間。

② ひとことで言うと……

貴族を中心に日本独自の「国風文化」が発達。平仮名が広く使われ、宮廷に仕えた女房による「女流文学」が多数生まれた。

③ 押さえておきたい作品……

『古今和歌集』『蜻蛉日記』『枕草子』『伊勢物語』『源氏物語』『大鏡』『今昔物語集』

和歌は平安貴族の必須教養 三十一文字《みそひともじ》に想いを込めて

◉『古今和歌集』は中古以降、和歌の教科書だった

905年に成立した『**古今和歌集**』は日本で最初の勅撰和歌集だ。「勅撰」というのは天皇の命令で編纂されることで、『古今和歌集』は醍醐《だいご》天皇の命令によって、紀貫之《きのつらゆき》を中心に、紀友則《きのとものり》、凡河内躬恒《おおしこうちのみつね》、壬生忠岑《みぶのただみね》の4人で編纂が行なわれた。

紀貫之の書いた「やまとうたは人の心を種としてよろづの言《こと》の葉《は》とぞなれりける」で始まる仮名序《かなじょ》は、後代の文学に大きな影響を与えた。『枕草子』に『古今和歌集』を暗唱することは、当時の貴族たちの教養の一つだったと書かれていたり、『源氏物語』の中で紫式部《むらさきしきぶ》も『古今和歌集』の歌から多数引用をしていたりするように、平安中期の人々にとって『古今和歌集』は歌の教科書のような存在だった。

◉『古今和歌集』以後、勅撰和歌集は21も作られた!!

905年の『古今和歌集』以後、1439年成立の『新続《しんしょく》古今和歌集』まで534年間で21の勅撰和歌集が作られ、総称して「二十一代集」というが、貫之や「**六歌仙**《ろっかせん》（僧正遍昭《そうじょうへんじょう》・在原業平《ありわらのなりひら》・小野小町《おののこまち》・大伴黒主《おおとものくろぬし》・喜撰法師《きせんほうし》・文屋康秀《ふんやのやすひで》）」を擁《よう》した『古今和歌集』に比べると、次第に質が下がってしまい、正岡子規の言うとおり途中から形骸化していったといえる。

しかし、最初から八つの勅撰集（「八代集」と呼ぶ）の時代には、かなりの歌詠み上手がそろっているのも確かだ。特に三つ目の勅撰集である『拾遺《しゅうい》和歌集』の時代には、スーパースター**藤原公任**《ふじわらのきんとう》（966-1041）がいた。

◉公任の持っていた三つの才能とは、和歌、管絃、そして何？

『**大鏡**』の中に次のようなエピソードがある。ある時権勢を誇っていた**藤原道長**《ふじわらのみちなが》が豪勢な舟遊びを催し、「漢詩の舟・管絃の舟・和歌の舟」を用意した。それぞれにその分野の名人たちを乗せたのだが、すべて得意な公任に対して道長が、「あなたはどの舟に乗るおつもりですか？」と聞いたところ、公任は和歌の舟を選んだ。
そこで詠んだのが次の歌だ。

小倉山　嵐の風の　寒ければ　紅葉の錦　着ぬ人ぞなき
＝小倉山や嵐山から吹いてくる風が寒くて強いので、紅葉の葉が散ってそこにいた人々に降りかかり、錦の着物を着ていない人はいないことだ。

この名歌で人々の賞賛を浴びるのだが、そのあとの公任のひと言が驚きだ。「漢詩の舟に乗って良い漢詩を詠んでいれば、もっと賞賛を得られただろうになぁ」。どうせ褒められるなら、「漢詩」を詠んで褒められたかった……これは、当時の男性貴族にとっては「漢詩」のほうが「和歌」よりも文化的に高い評価をされていたという背景があったからだが、このエピソードから、公任は「漢詩・管絃・和歌」の三つの才能を持つ男、ということで**「三舟《さんしゅう》の才」**の持ち主と呼ばれるようになった。

◉貴族のプライドをかけた戦いの場、「歌合」!!

歌合《うたあわせ》は、平安時代に始まった歌人同士の和歌の戦いのことで、主に貴族の間で行われた。歌人たちを左右二組に分けて、それぞれが詠んだ歌に優劣をつけて一番ごとに勝ち負けを決めていく遊びだ。勝ち負けを決める審判は判者《はんざ》といわれ、基本的にはその時代の歌壇の重鎮がつとめた。

あらかじめ出された歌の題に従って歌を詠むのが決まりだったが、実際に和歌を作ったのは歌合の会場に出席した貴族とは限らず、それぞれのチームが選りすぐりの歌人を集め、自分の代わりに歌を作らせる場

合もあった。

◉源氏対藤原氏……可哀そうすぎる結末とは？

歌合は平安時代に500回ぐらい行われたが、特に960年（天徳4年）に村上天皇が開催した**天徳内裏《だいり》歌合**は、盛大なもので後世の歌合の模範となった。この歌合は、藤原氏と源氏という、当時の政界で覇権を争っていた両氏による戦いの場でもあった。20番勝負の最後を飾ったのは、藤原氏方は**壬生忠見《みぶのただみ》**、源氏方は**平兼盛《たいらのかねもり》**の歌。しかし、二人の歌はどちらもよくできていて、甲乙つけがたかったので、判者の藤原実頼《さねより》は判定できなかった。

…………………………

忍ぶれど色に出でにけりわが恋はものや思ふと人の問ふまで（平兼盛）
＝誰にも知られないように包み隠してきたのだけれど、ついに顔に出てしまったなぁ、私の恋心は。「あなたは何か物思いをしているのですか」と人が尋ねるほどまでに。

…………………………

恋すてふわが名はまだき立ちにけり人知れずこそ思ひそめしか（壬生忠見）
＝恋をしているという私の浮き名が早くも世間にひろまってしまった。誰にも知られないようにひそかに心のうちだけで思いはじめたばかりなのに。

そこで主催者である村上天皇に判定をゆだねたところ、天皇もすぐには判定が下せなかった。ところが天皇が小さな声で平兼盛の歌を口ずさんだために、兼盛が勝者となり、勝った兼盛は大喜び。負けた忠見はあまりのショックで食事がのどを通らなくなり、ついには死んでしまったという話だ。

和歌のことを「三十一文字」ともいうが、五七五七七の31文字に込められた深い想いは、当時の貴族たちにとって、命懸けのものであったのだろう。

平安時代は女流文学の花盛り「をかし」と「あはれ」の美学とは？

◉なぜ紀貫之は女のフリをして『土佐日記』を書いたのか？

『古今和歌集』の「仮名序」を書いた**紀貫之**（866？－945頃）だが、もう一つの作品として有名な『**土佐日記**《とさにっき》』がある。935年頃に成立した最古の仮名文日記だが、貫之が女性に仮託《かたく》して（前土佐守に仕える女房になり代わって）書いたのも有名だ。というのも、当時、男性の日記といえば「漢文」で書くのがしきたりであり、当時「**女手**《をんなで》」と呼ばれていた「平仮名」で書くには、女性のフリをしなければならなかったという事情があるのだ。

男もすなる、日記《にき》といふものを、女もしてみむとて、するなり。
＝男の人も書くと聞いている日記というものを、女の私も書いてみようと思って、書き記すのです。

　この冒頭文で、自分のことを女性だと名乗ってから書き始めているが、この時の貫之はすでに老人の域に入っていた。905年に『古今和歌集』を撰んでからすでに約30年。紀貫之は**土佐国の国司**に任じられた。そして、任期が終わり土佐国から京に帰る途中に起きた出来事を綴ったものが『土佐日記』なのだ。

◉一夫多妻制のことがよくわかる『蜻蛉日記』!?

　紀貫之が切り開いた「平仮名」による「日記文学」の道だが、それを受け継いだ

のは男性ではなく、**藤原道綱母《みちつなのはは》**（936？-995）という女性の手になる『**蜻蛉《かげろう》日記**』（974年以後まもなく成立）だった。道綱母は、藤原倫寧《ともやす》という下級貴族の娘だが、本朝三美人の一人ともいわれ、歌人としての評価も高い女性だった。一方、夫となる藤原兼家《かねいえ》はのちに摂政、太政大臣、関白にまで上り詰めるエリートだ。

こんな二人だから、周囲もうらやむ幸せな結婚生活……のはずだった。ところが道綱母にとってはそうでもなかった。というのも、道綱母の父は受領《ずりょう》に過ぎず、兼家とは身分格差が大きかったうえに、当時の結婚は一夫多妻制で、夫が妻の家に通ってくる通い婚という不安定な形だったからだ。兼家は「英雄色《いろ》を好む」とばかりに次から次へと浮気を繰り返し、道綱母はこれに頭を悩ますことになるのだ。

◉浮気な夫に苦しむ道綱母の恨み節が『蜻蛉日記』

嘆きつつ　独り寝《ぬ》る夜の　明くる間《ま》は　いかに久しき　ものとかは知る
＝あなたがおいでにならないことを嘆きながら、一人で寝る夜が明けるまでの間が、どれほど長いものか、あなたにおわかりでしょうか、いえおわかりではないでしょう。

『百人一首』にも載っているこの名歌は、道綱母が夫の藤原兼家に贈った歌だ。夫の浮気を知った道綱母は嫉妬に狂い、兼家が自分のところに訪ねてきても門を開けようとしなかった。

その後、浮気相手の女が男の子を出産するのだが、その子はまもなくして亡くなってしまう。その時、道綱母はこんなことを日記に書いている。「今ぞ胸はあきたる（今こそ胸のつかえが取れて清々した）」。こんな恐ろしいことも平然と日記に書いてしまう道綱母は、どんどん嫉妬の鬼と化していく。読めば読むほど、女の情念や嫉妬深さを感じざるをえないのが、『蜻蛉日記』だ。

◉和歌の天才、和泉式部は恋多き人!!

和泉式部《いずみしきぶ》はそれほど身分は高くなかったが、早くから歌人としての名声を博し、恋多き女性としても当時から有名人だった。

年上の夫との間に娘（歌人・小式部内侍）を恵まれたが、二人は離別してしまう。そしてその頃から超セレブな親王と付き合うようになった。しかし、その彼は若くして病気にかかって死んでしまう。

そして、嘆き悲しんでいる和泉式部の前に現れたのは、なんと彼の弟だった。兄が死んだら今度は弟と……「いくらなんでもはしたない」、和泉式部だってそう思ったに違いないのだが、恋心にブレーキはかけられない。歌を交わしながら二人はどんどん深い仲になっていく。その様子を描いたのが**『和泉式部日記』**（1007年以後まもなく成立）だ。

弟のほうには正妻がいたのだが、和泉式部にぞっこんになった彼は、正妻を追い出して和泉式部とラブラブな生活をスタートさせ、子供も生まれハッピーエンド……となるはずが、そうはいかなかった。

『和泉式部日記』の冒頭文「夢よりもはかなき世の中を、嘆きわびつつ明かし暮らすほどに」が暗示していたかのように、なんと彼もまた兄と同じく若くして亡くなってしまうのだ。二人の出会いからたったの4年しか経っていないのに……まさに、この世は夢よりもはかないものだった。

立て続けに恋人に先立たれた和泉式部は、その後、一条《いちじょう》天皇の**中宮彰子**《ちゅうぐうしょうし》（988-1074）に仕える。当時並ぶもののない勢いを持っていた藤原道長の娘だ。

和泉式部は、歌、特に恋の歌を詠ませたら天下一品。右に出る者はいなかった。

『百人一首』に採《と》られている和泉式部の歌を紹介しておこう。

あらざらむ　この世のほかの　思ひ出に　いまひとたびの　逢ふこともがな
＝生きてこの世にいることは望めない状態になりましたので、あの世に行ってからの思い出として、せめてもう一度、あなたとの逢瀬があればなぁと願っています。

この歌は**『後拾遺和歌集』**に所収のものだが、その詞書には、「心地例ならずはべりけるころ、人のもとにつかはしける」とある。つまり、和泉式部が死の床について、まさに今自分が死にかけているその時に「あなたにもう一度逢って愛し合いたいのです」という恋心を男のもとに贈ったのだ。なんという情念、なんという激情だろう。そして、同時に歌に賭ける和泉式部の強い思いも感じられるものだ。

◉紫式部の、ライバル清少納言に対する痛烈なコメント!!

中宮彰子の女房として和泉式部と同僚だった一人が、**紫式部**だ。**『源氏物語』**の作者として有名だが、彼女が残した作品は『源氏物語』以外にもうひとつ、**『紫式部日記』**（1010年頃）がある。

『紫式部日記』は内容的に二部に分けることが出来る。第一部は彰子の出産の記録、第二部は手紙文体で書かれた消息部分だ。第二部の消息の部分では、先輩、同僚の女房たちの批評や、**清少納言**《せいしょうなごん》批判が有名だ。

清少納言こそ、したり顔にいみじうはべりける人。さばかりさかしだち、真名《まな》書き散らしてはべるほども、よく見れば、まだいと足らぬこと多かり。

＝清少納言は、実に得意顔をして偉そうにしていた人です。あれほど利口ぶって漢字を書き散らしております程度も、よく見れば、まだひどく足らない点がたくさんあります。

紫式部と清少納言はライバルとして見られがちだが、実際に二人が会うことはなかったと考えられている。しかし会ったこともないのに、清少納言が漢字を書き散らしていると、紫式部が批判するのにもわけがある。紫式部は清少納言以上に漢文の素養

に長《た》けていたが、当時、漢字は男性の教養であり、女性がその知識をひけらかすのは良くないと紫式部は考えていたので、そこを批判したのだ。

◉三大随筆最初の作品、バツイチ才女清少納言の『枕草子』

さて、紫式部にけちょんけちょんに非難された清少納言が書いた『**枕草子**』は、西暦1001年頃に成立した我が国最初の随筆文学だ。のちに成立する『**方丈記**《ほうじょうき》』『**徒**《つれ》**然草**《づれぐさ》』と併せて三大随筆と呼ばれている。

清少納言は祖父も父も優秀な歌人だった。特に父の清原元輔《きよはらのもとすけ》は、『古今和歌集』の次に作られた勅撰の『後撰和歌集』の撰者で、「梨壺《なしつぼ》の五人」と謳《うた》われた有名歌人の一人だった。清少納言は16歳の頃結婚し男の子を出産したものの、30歳頃に離婚してバツイチとなる。そして、離婚したあと、一条天皇の中宮定子《ていし》（976-1000）に仕えることになったのがきっかけで『枕草子』を書くことになる。

◉「をかしの文学」と「あはれの文学」との比較!!

『枕草子』は、中宮定子の女房として約10年間に及ぶ宮廷生活で清少納言が経験したことや見聞したことを書いたもので、内容的に次の三つにわけられる。

まず、自分の仕えた中宮定子を中心とした華やかな後宮生活を記録した「**日記的章段**」。次に、「**もの（は）づくし**」と言われる、「すさまじきもの」「あてなるもの」などの「―もの」と、「山は」「川は」などの「―は」という二つの形式で書かれた「**類《るい》聚《じゅう》的章段**」。そして、冒頭の段の「春はあけぼの」のような自由な感想を書いたものを「**随想的章段**」というが、これが最も随筆的性格が強い。

春はあけぼの。やうやう白くなりゆく
山ぎは、すこしあかりて、紫だちたる

雲のほそくたなびきたる。

＝春は夜がほのぼのと明けようとする頃が趣深い。日が昇るにつれて次第に白んでいく、山の稜線に接する空の辺りが少し明るくなって、紫がかっている雲が横に細くたなびいている様子が趣深い。

『枕草子』は一流の知性と感性で貫かれており、対象を客観的・知的興趣で捉えているところから「**をかしの文学**」と呼ばれている。紫式部の『源氏物語』が、対象を主観的に、そしてしみじみとした情趣で豊かに捉えているところから「**あはれの文学**」と呼ばれているのとは対照的だ。

◉『源氏物語』命!!　の文学オタク少女の書いた日記とは!?

今から1000年も前の平安時代、京の都から遠く離れた上総《かずさ》の国（現在の千葉県）に、『源氏物語』を読みたくて読みたくて、たまらないと思っている10歳の少女がいた。彼女こそ、のちに『**更級《さらしな》日記**』（1060年頃）を残した**菅原孝標女**《すがわらのたかすえのむすめ》（1008-1060?）だった。先祖に学問の神様菅原道真《みちざね》を持ち、『蜻蛉日記』の作者である藤原道綱母が伯母にあたる、そんな学問や文学的良血を受け継いだ孝標女は、幼い頃から『源氏物語』の華やかで優美な世界に憧れ、恋をしていた。その念願がかなってついに『源氏物語』全巻セットと、『**伊勢物語**』などの物語を手に入れた。

源氏の五十余巻、(中略)得て帰る心地のうれしさぞいみじきや。(中略)引き出でつつ見る心地、后の位も何にかはせむ。

＝『源氏物語』の五十余巻を、(中略)手に入れて帰るときのうれしさは大変なものがあったよ。(中略)櫃から一巻ずつ取り出して見るときの気持ちは 后の位なんてどうでもいいわというほどである。

少女時代に『源氏物語』フリークだったこともあり、文学的才能にも恵まれていた孝標女は、文学史上に残る『**夜（半）の寝覚《ねざめ》**』と『**浜松中納言物語《はままつちゅうなごんものがたり》**』の二作品を書いたと言われている。ちなみに、『浜松中納言物語』は**三島由紀夫**の最後の長編作品、『豊《ほう》饒《じょう》の海』の典拠となったことでも有名だ。三島はこの作品の最終巻の入稿日に、陸上自衛隊市ヶ谷駐屯地で割腹自殺した（P265参照）。なんともいわくつきの作品だ。

◉帝の愛人として仕えた女性の手による日記とは⁉

『更級日記』の成立から遅れること約50年、讃岐典侍《さぬきのすけ》こと藤原長子《ちょうし》（1079－？）によって書かれたのが『**讃岐典侍日記**』（1110年？）だ。

この日記は堀河帝に仕えた讃岐典侍が、若くして病に倒れた堀河帝の闘病生活から死まで、そしてその後に仕えた鳥羽帝とのことを記したもので、帝の病気や死についてメインに書かれた珍しい日記だ。

讃岐典侍と呼ばれた藤原長子は、22歳の頃、堀河帝のもとに出仕したが、堀河帝の秘書兼愛人だったと思われる。堀河帝は29歳の若さで発病し、1ヵ月間の闘病の末、死に至った。その1ヵ月をずっとそばで看病し見守ったのが長子だった。

その後、堀河帝の忘れ形見である鳥羽帝に仕えることになったが、日記は堀河院の思い出とともに静かに閉じられる。後日談としては、讃岐典侍に堀河院の霊が乗り移り、中宮の懐妊を予言し、見事に皇子の誕生を的中させたところまでは良かったものの、次第に狂ってわけのわからないことを言い出したため、参内を停止されてしまったとのこと。天皇の霊に憑りつかれると、おあとが怖いようで……。

日本文学の金字塔『源氏物語』が生まれるまで
紫式部に影響を与えた名作物語

◉『竹取物語』は日本最古のSF小説!?

竹から生まれた美しい女の子をめぐる物語である『かぐや姫』という昔話を知らない人はいないはずだ。元になっているのは平安時代初期に成立した『**竹取《たけとり》物語**』という日本最古の物語で、かの紫式部も『源氏物語』の中で『竹取物語』のことを「**物語のいできはじめの祖《おや》**」と高く評価している。

かぐや姫に求婚した5人の貴公子のうち3人は実在の人物で、最後までかぐや姫のことを諦めなかった帝とは、天武天皇の二代あとの帝、文武《もんむ》天皇だと言われている。その帝だが、ある日不意を狙ってかぐや姫の部屋に押し入った。その時かぐや姫は、自分はこの国の人間ではないと帝に打ち明け、人間の体を消して発光体になってしまった。

帝、「などかさあらむ。なほゐておはしまさむ」とて、御輿《みこし》を寄せ給ふに、このかぐや姫、きと影になりぬ。

＝帝は、「どうしてそのようなことがあってよかろうか。やはり連れてまいりましょう」と言って、お輿を寄せなさると、このかぐや姫は、急に姿が消えて影になってしまった。

なんと、『竹取物語』は日本初のＳＦ小説でもあったわけだ！　さすがに人間ではないと知った帝はかぐや姫を諦めざるをえなかった。

かぐや姫が天に帰ると聞いた帝は、最強の護衛をかぐや姫の家に送り込んだものの、強い光とともに月の者たちが雲に乗って現れるとなすすべなし。かぐや姫は最後におじいさんおばあさんに別れを告《つ》げ、帝には不死の薬と手紙を残し、天の羽衣を着て昇天してしまった。

帝から命令を受けた者が、多くの兵士を連れて山に登ったので、それによってその山を「富士の山（士に富む山）」と名付けたとか。ただし、富士山の由来については現在では「不死の山」という説が有力になっている。ちなみに当時の富士山は噴火していた。

◉「琴」の音楽をめぐる不思議な物語、『宇津保物語』

『竹取物語』に次ぐ、「作り（伝奇）物語」の系譜の二作目として『**宇津保物語**《うつほ》』がある。平安中期には成立し、作者は当時の才人として知られた源順《したごう》とも言われているが、正確には不明。

『宇津保物語』はかなりの長編で、全体をいくつかに分けることができる。まずは、学芸の家・藤原俊蔭《としかげ》一族の四代にわたる琴《きん》の名手の物語。もう一つは絶世の美女・

貴宮《あてみや》が多くの求婚者を拒んだ末に東宮に入内《じゅだい》し、その子が皇位継承争いに勝つという、源正頼《まさより》一族の政権争奪の物語。

　これらの物語が矛盾を抱えながらも大団円を迎え、全20巻の大河小説としてなんとか成功しているといえるが、いかんせん長く、話がわかりづらいという欠点がある作品だ。ただ、その長編性と写実性は『源氏物語』を生む土壌となった。

◉継子いじめの被害者、落窪の君は和製シンデレラ!?

　シンデレラに代表される継子《ままこ》イジメの物語は世の中に数多くあるが、日本での元祖継子イジメの物語といえば10世紀末ごろに書かれた『**落窪《おちくぼ》物語**』といえるだろう。

　主人公の女君は、継母にいじめられ、裁縫などを押し付けられてこき使われていた……まさにシンデレラの置かれていた状況とそっくり。さらに、実の父親からも見離される始末。

「夜のうちに縫ひ出《い》だささずは、子とも見えじ。」とのたまへば、女、いらへもせで、つぶつぶと泣きぬ。

………………

＝「夜の間に縫い上げないならば、おまえは私の子とも思えない。」と父・中納言がおっしゃるので、姫君は、返事もしないで、ぽろぽろと泣いた。

………………

ここで現れるのが、シンデレラにおける王子様に当たるヒーローの少将だ。

そのヒーローの少将は落窪の君に心惹かれ、落窪の君を無事に救出する。そして、愛する落窪の君を不幸に陥れた憎《に》っくき継母への復讐を開始する。グリム童話のシンデレラのお話では、シンデレラと王子との結婚式に出席した姉二人が鳩に両目をくりぬかれるという残酷な結末を迎えるのだが、日本のお話である『落窪物語』はそれとは正反対の大団円に向かう。

少将はいくつかの仕返しをした後、もうそろそろいいだろうということで仕返しを止め、敵方を許す。そして、自分も落窪の君が生んだ男君たちもどんどん出世していく……とにもかくにも、いじめた側もいじめられた側も、めでたしめでたしで物語は締めくくられる。『落窪物語』は、本家のシンデレラとは違ってハッピーエンドなのが、いい感じだ。

◉373人と枕をともにしたプレイボーイが主人公の『伊勢物語』!?

『伊勢物語』は平安時代前期に成立した歌物語だ。別名で、『在五《ざいご》が物語』『在五中将物語』、『在五中将の日記』とも呼ばれる。この「在五」「在五中将」というのは、在《あり》原《わら》氏の五男であった業平《なりひら》のことで、「昔、男ありけり」で始まる段が多い『伊勢物語』は、「男=在原業平」の物語と思われてきた。

昔、男初冠《うひかうぶり》して、平城の京春日の里に、しるよしして、狩にいにけり。その里に、いとなまめいたる女はらから住みにけり。この男かいまみてけり。おもほえずふるさとにいとはしたなくてありければ、心地まどひにけり。

=昔、ある男が元服して、奈良の都春日の里に、自分の領地がある関係で、狩りに出かけた。その里に、たいそう優美な姉妹が住んでいた。この男は、この女性たちを物のすき間から覗き見した。思いがけずも、荒れ果てた旧都に似つかわしくない美しいようすだったので、男の心は乱れた。

物語冒頭から、さっそく恋愛話満開。この「男」が在原業平だとすると、時は平安初期の西暦840年頃、元服したての男貴族の在原業平が、春日の地でさっそく美人姉妹を「垣間見《かいま》」て心を乱す。冒頭からなんて「みやび」な……。

その業平は平安時代を代表するプレイボーイで、一説によると一生のうちに枕をともにした女性は、若い娘から上は99歳までその数は3733人!! と言われている。『伊勢物語』全125段の話の内容は多岐にわたっている。田舎人を主人公とする「**筒井筒**《つついづつ》」などの話もあるが、中心となっているのはやはり業平で、二条后《にじょうのきさき》との悲恋や伊勢斎宮《さいぐう》との禁忌《きんき》の恋、東国へと流離

する「東下《あずまくだ》り」などで、「在原業平」の一代記という構成をとっている。

しかし、業平は単なるプレイボーイではない。実は当時、在原氏は藤原氏との政争に敗れて零落していた。天皇の孫という高貴な身分に生まれ、最高の教養を身に付けたものの、政権争いに敗れていく……業平は、その悲しさも含めて貴族風に洗練された「**みやび**」という語に象徴される王朝美の体現者だった。

◉『伊勢物語』のあとを受けてできた二つの「歌物語」とは？

『**大和物語**《やまと》』は『伊勢物語』に次いで平安時代中期に生まれた歌物語だ。『伊勢物語』の在原業平のように統一された主人公が設定されているわけではなく、各段で登場人物が代わり、当代歌人による約300首もの歌を中心に据えて、当時の皇族や貴族らにまつわる世話話などが書かれている。また、後半は「姨捨山《おばすてやま》伝説」などに代表される民間伝説や、説話風の内容となっている。

次いで書かれた「歌物語」の最後の作品は『**平中物語**《へいちゅう》』だ。その主人公、平中こと平貞文《さだふん》は平安中期に実在した人物で、桓武《かんむ》天皇の玄孫にあたる貴族だった。平中は在原業平と双璧をなす好色家としても有名で、『平中物語』には平中の数多くの女性遍歴が和歌とともに残されている。次のやり取りは、平中の熱い誘いの歌と、それを見事に切り返して断る女性の返歌だ。

我のみや　燃えてかへらむ　世とともに　思ひもならぬ　富士の嶺のごと

＝我だけか、あなたへの思いに燃えて帰るのは、まるでずっと昔から思いをかけてもどうにもならない富士の山のようだ。

富士の嶺の　ならぬ思ひに　燃えば燃え　神だに消《け》たぬ　空し煙を

＝炎にならず煙だけあげる富士の山のどうにもならない思いに、燃えるならば燃えなさい、神さえ消せないむなしい煙をあげて。

◉『源氏物語』はノーベル文学賞もの!?

平安も中期になると、藤原氏の他氏排斥も終わり、藤原氏の中でも北家《ほっけ》が権力の頂点に君臨するようになる。そして、栄華を極めたのが有名な**藤原道長**（966-1027）だ。道長は、娘3人を次々と帝に入内《じゅだい》させ、外戚として権力を握ると同時に、文化的にも大きな仕事をしたといえる。

道長は、娘の中宮彰子の女房として、紫式部・和泉式部・赤染衛門など文学的に才能ある女性を娘の女房として雇い、庇護したのだ。また道長は、紫式部の書いた『**源氏物語**』の愛読者であり、また主人公光源氏《ひかるげんじ》のモデルの一人とも考えられている。

その『源氏物語』は1008年頃に成立した。「光源氏」を主人公に、70数年間、登場人物が400人以上の大きな人間世界を描いている。全五十四帖で、二部構成とも三、四部構成とも言われる長編物語だが、平安貴族社会における愛や悩み、理想と現実、そして人間の真実の姿を追求した不滅の大傑作だ。とにかく西暦1000年頃に成立した文学としては、世界に冠たるものであることは間違いない。

当時、ノーベル文学賞があれば間違いなく受賞していただろう。シェークスピア（1564−1616）に先立つこと500年以上といえば、その凄さがわかってもらえるだろうか。今からでも遅くないので、紫式部にノーベル文学賞を！

◉光源氏をマザコン、ロリコンにしたのはなぜなのか？

『源氏物語』の最大のヒーロー光源氏は、幼い頃に母・桐壺《きりつぼ》の更衣《こうい》を亡くし、その後母を理想化するあまりマザコンと化す。長じて母とそっくりな義理の母・藤壺《ふじつぼ》を愛してしまい、なんと不義密通の末、子どもまで作ってしまうという大罪を犯す。
しかし、藤壺から拒絶された光源氏の想いは絶たれ、失意のどん底に落ちていた時に現れたのが、まだ10歳のあどけない紫《むらさき》の上《うえ》だ。マザコンの次は、ロリコン。紫式部、恐るべし‼ 1000年も前に男の本質がわかっていたとしか思えない。

十ばかりにやあらむと見えて、白き衣《きぬ》、山吹などのなえたる着て、走り来たる女《をんな》子《ご》、あまた見えつる子供に似るべうもあらず、いみじく生《お》ひ先見えて、うつくしげなるかたちなり。
＝十歳くらいであろうかと見えて、白い袿の上に、山吹重ねなど、糊が落ちてなよなよとした表着を着て、走ってきた女の子は、大勢見えた子どもたちとは比べものにならず、たいそう成人したときの美しさがうかがわれて、かわいらしげな容貌である。

こうして出会った光源氏と紫の上だが、光源氏は愛する紫の上がいながらもさんざん浮気をし、そのたびに紫の上は出家を考える。『源氏物語』は「**あはれの文学**」と呼ばれるだけのことはあって、登場人物が全員なにがしかの不幸を抱えて生きていくように設定されている。紫式部はネガティブな性格の持ち主だったのだろうか？

◉『源氏物語』が偉大過ぎて、後の物語はつまらない!?

世紀の大傑作『源氏物語』が書かれた後、貴族社会の衰退もあり、女流文学も精彩を欠いていく。

ただ、11世紀中頃に成立した『**堤《つつみ》中納言物語**』は異彩を放つ短編集といえる。これは10の短編を集めた作品だが、その中の

◆『源氏物語』前後の物語文学

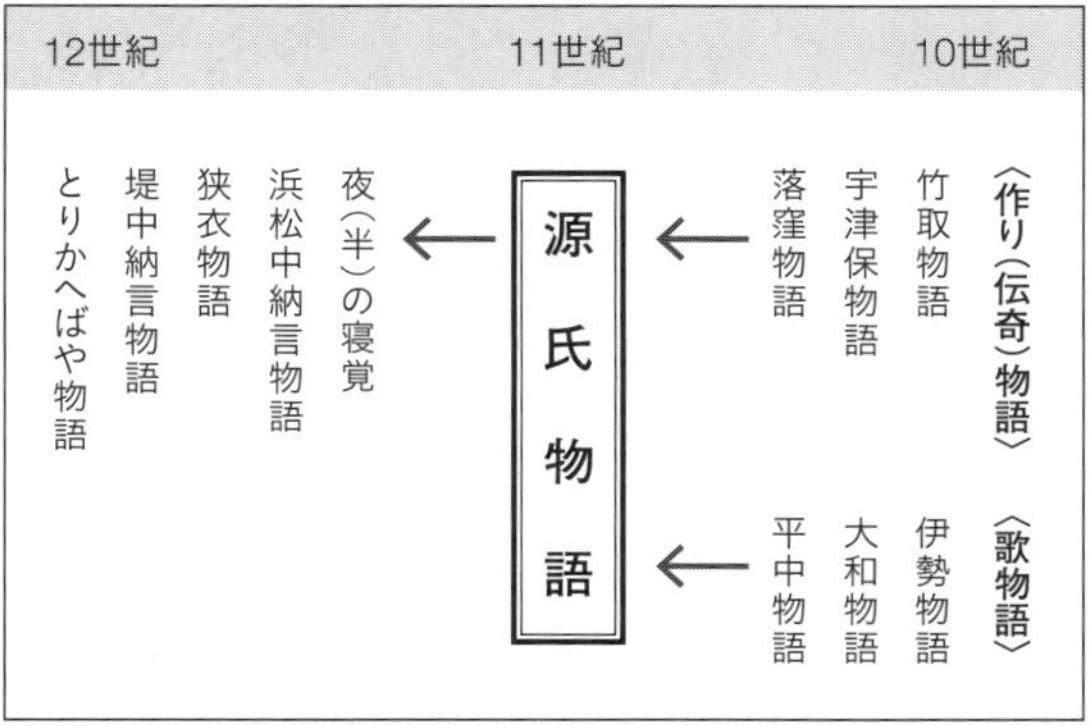

「虫めづる姫君」というお話は、スタジオジブリの宮崎駿《はやお》監督の作品、『風の谷のナウシカ』のモデルになったということでも有名だ。また、平安後期に成立した『**とりかへばや物語**』は男性と女性とが入れ替わるという非常にユニークな設定の物語だ。

特筆すべきものとしては、先にも書いたが、『更級日記』を書いた菅原孝標女が『夜（半）の寝覚』と『浜松中納言物語』の二作品を書いたことだろう。どちらも『源氏物語』の影響を受けながら、新境地を拓こうと模索して書かれている点が感じられるが、同時期に成立した『**狭衣物語**《さごろも》』同様、残念ながら本家本元の『源氏物語』を超えることはできなかった。やはり、紫式部は偉大だったというしかないだろう。

栄華を極めた藤原道長

道長を中心に世界は回っていた

◉才女、赤染衛門の書いた『栄花物語』は道長賛美で決まり!?

藤原道長の娘である中宮彰子の女房たちは、一種のサロンを形成していたといえるが、すでに詳しく紹介した紫式部や和泉式部以外に、もう一人才能ある**赤染衛門**《あかぞめえもん》という女房がいた。

清少納言や和泉式部を辛辣に批評している『紫式部日記』の中でも、赤染衛門は「ちょっとした折節の歌でさえ、素晴らしくて惚れ惚れとした歌いっぷりです」と賞賛されている才女だ。『百人一首』には次の歌が採られている。

やすらはで　寝なましものを　さ夜更《よふ》けて　かたぶくまでの　月を見しかな

＝あなたが来ないと知っていたら、ためらわないでとっくに寝ていたでしょうに。

信じて待っている間に夜が更けてしまい、西の山の端に傾くまでの月を見てしまいましたよ。

その赤染衛門が書いたと言われるのが、『**栄花物語**《えいが》』という歴史物語。当時全盛を極めていた藤原道長の人間像と栄華を見聞回想記の形で書いている。赤染衛門にとっては、仕えていた中宮彰子の父にあたる道長を主人公としているので、道長賛美に終始しているのは当然のことだろう。

◉190歳と180歳の超老人の会話で構成された『大鏡』!!

『栄花物語』からスタートした「歴史物語」は、その後「四鏡《しきょう》」へとつながっていく。「四鏡」とは、『**大鏡**《おおかがみ》』『**今鏡**《いまかがみ》』『**水鏡**《みずかがみ》』『**増鏡**《ますかがみ》』のことだが、中でも最大の傑作が12世紀初めに成立した『大鏡』だ。『大鏡』は文徳《もんとく》天皇(850年)から後一条《ごいちじょう》天皇(1025年)に至る14代、176年間の歴史を描いたものだが、構成がとても面白い。

作中に大宅世継《おおやけのよつぎ》という190歳の超老人と、180歳の超老人である夏山繁樹《なつやまのしげき》とが出てきて、人々の前で昔話を始めるという戯曲的構成で書かれている。そこに歴史好きな侍（30歳）がいて二人の聞き役となり、話を盛り上げる役割を果たしている。

なにせ、190歳と180歳の超老人の会話だ。自分の直接の経験から出た昔話だけに、信憑性が高く、面白い。『栄花物語』が道長の賛美に終始したのとは対照的に、道長に対する批判もバッチリ書かれている。

なお、この『大鏡』の延長戦上に作られたのが平安時代末期に成立した『今鏡』だ。『今鏡』では、大宅世継の孫で、「あやめ」という名で紫式部に仕えた150歳を超えた老婆から聞いた話を記したという形式を採っている。

◉学問の神様、菅原道真の怨念は恐ろしい!?

『大鏡』の中に描かれた、学問の神様として有名な**菅原道真**《すがわらのみちざね》（845-903）は、宇《う》多《だ》天皇に重用され、「延喜《えんぎ》の治《ち》」として謳《うた》われている醍醐《だいご》天皇の治世時には右大臣として活躍した人物だ。

しかし、道真のライバルにあたる左大臣には有力な藤原時平《ときひら》（871-909）が就《つ》いていて、貴公子の時平と学者肌の道真とは肌が合わず、二人は次第に対立するようになっていく。そして、ついに時平の讒言《ざんげん》により、醍醐天皇が道真を大宰権帥《だざいのごんのそち》として左遷してしまう。道真は自らの境遇に悲嘆し、庭に咲いた梅の花を見ながら歌を詠みあげた。

東風《こち》吹かば　にほひおこせよ　梅の花
　あるじなしとて　春な忘れそ
＝来年の春、東風が吹いたら、その風に託して大宰府に流された私のところに香りを届けておくれ、梅の花よ。主がいなくなったからといって、春に花を咲かせるのを忘れてくれるなよ。

主《あるじ》の道真を失った梅は、道真を追いかけて一夜で京から大宰府の道真のもとに飛んで来たという「**飛梅《とびうめ》伝説**」が今も残る。

結局、道真は大宰府着任からわずか2年後に57歳で亡くなってしまう。道真の死後、都では不吉なことが次々と起こった。俗に言う「**道真怨霊伝説**」だ。道真を陥れた時平も、道真が亡くなって6年後に38歳の若さで亡くなったので、道真の祟《たた》りだと噂された。

今では学問の神様と言われている道真だが、「恨み晴らさでおくべきか～」と、なかなかどうして執念深い男だ。

◉栄華を極めた藤原道長は若い時からふてぶてしい奴だった⁉

『大鏡』の中心人物は、なんといっても**藤原道長**だ。道長といえば、彼のお父さんは藤原兼家。そう、すでに紹介した『蜻蛉日記』の作者藤原道綱母の夫だ。日記の中で「浮気夫」のレッテルを妻から貼られた兼家だが、政治家&種馬としては超優秀だった。

兼家は道綱母とは別の妻である時姫《ときひめ》との間に息子が3人（道隆《みちたか》・道兼《みちかね》・道長）いた。長男の道隆は関白になり、その娘の定子は一条天皇の中宮になった。ただ、残念ながら、その幸せは長くは続かない。次なる栄華は道長のものだ。

『大鏡』には次のような若かりし道長の逸話が残されている。後に政敵となる道隆の嫡男伊周《これちか》と弓比べをした時、まだペイペイだったはずの道長なのに、「この道長の家から、将来、天皇・皇后がお立ちなさるはずの運勢ならば、この矢よ当たれ」と高らかに宣言して矢を放ち、見事に的のど真ん中に当てたのだ。心臓に毛が生えているとはこのことだ。

●栄華を極めた道長、さてその晩年は？

道長は、娘を次々と帝の中宮として入内《じゅだい》させ、外戚となり見事に政治の実権を握る。そして栄華の頂点を極めた藤原道長の歌がこれだ。

この世をば　我が世とぞ思ふ　望月の　欠けたることも　なしと思へば
＝この世はすべて我が世だと思うよ。今宵の満月が欠けることなくまん丸なように、この世のすべてが我が意に満ち足りていると思うので。

道長の３人の娘が中宮となったときの祝いの席で詠んだ歌と言われているが、一家に一后すら立たせることは難しいのに「一家立三后《いっかりつさんこう》」、これは確かに道長ならずとも「この世をば我が世とぞ」思うだろう。

　こうして天皇の外戚として権力を握り、最高の栄華を極めていった道長だが、「この世をば……」を詠んだ次の年に出家する。そして浄土信仰に傾倒した道長は、法成《ほうじょう》寺《じ》という名の壮大なお寺を造営する。その規模は東西二町・南北三町……一町といえば、約100メートルなので、とんでもない広さだ。

　出家してから9年目、病に倒れた道長は、高僧1万人の読経の中、西方浄土を願いながら往生したといわれている。しかしその後、法成寺はたびたび大火や兵火等の災難に遭遇し、ついに鎌倉末期には廃絶してしまう。南北朝時代になって、かの兼好法師が『**徒然草**』の中で、世の無常を述べるために法成寺のことを引いている。どんな栄華も続かない……ああ、無常。

説話文学の誕生と平安末に流行した歌謡

庶民や武士を描いた文学の始まり

◉説話の最初は、仏教を広めるためのものだった⁉

6世紀に仏教が大陸から伝わり、日本に広く流布《るふ》することになる。そして、その信仰を勧めるために仏教説話が語られるようになっていった。それをまとめたものとして、平安初期の『**日本霊異記**《にほんりょういき》』や、平安中期の『**三宝絵**《さんぼうえ》』、平安後期の『**打聞集**《うちぎきしゅう》』があった。これらは民衆を相手に語り伝えた仏教説話であり、口語的要素が強いものだ。

一方、平安後期になると貴族社会が衰退し、武士や庶民たちが台頭してくるが、そうした様々な階級の人たちの生活に根差した説話として**世俗説話**が生まれてきた。

そうした「仏教説話」と「世俗説話」を集大成した作品が、平安後期（院政期）に成立した『**今昔**《こんじゃく》**物語集**』だ。

◉芥川龍之介も谷崎潤一郎も感動した大傑作『今昔物語集』！

『今昔物語集』は、千余りの説話を集大成したもので、天竺《てんじく》（インド）、震旦《しんたん》（中国）、本朝（日本）の三部から成る膨大な説話集だ。誰が編集したかはわかっていないが、各説話が「今ハ昔」と語り始めるところからこの名が付いている。漢文体に片仮名を交えた一種の**和漢混交文**《わかんこんこうぶん》で書かれ、文体は極めて簡素・素朴で力強いものになっている。

内容は、前述したように仏教説話と世俗説話とに分けられるが、特に世俗説話の方には、貴族だけでなく新興の武士や庶民、果ては盗賊に至るまでが登場し、混沌とした時代を生き抜くエネルギッシュな姿が生き生きと描かれている。

そうした『今昔物語集』の文体と内容は、近代の文学者に創造的な刺激を与えた。**芥川龍之介**が『今昔物語集』に取材し、そこに近代的な解釈を加えた名作『**羅生門**《らしょうもん》』『**芋粥**《いもがゆ》』『**鼻**《はな》』などを書き、また**谷崎潤一郎**も『**少将滋幹**《しょうしょうしげもと》**の母**』を書いたことは有名だ。この作品は、『今昔物語集』を下敷きにしつつ、『平中物語』『後撰和歌集』『十訓《じっきん》抄《しょう》』などからも逸話を取り入れており、谷崎文学の中でも傑作の一つと言われている。

◉「遊びをせんとや生れけん」で有名な今様歌謡とは？

遊びをせんとや生まれけん　戯《たはぶ》れせんとや生まれけん　遊ぶ子供の声きけば　我が身さへこそ動《ゆる》がるれ

＝私たちは、遊びをしようとしてこの世に生まれてきたのだろうか、それとも戯れをしようとしてこの世に生まれてきたのだろうか、無心に遊んでいる子供の声を聞くと、自分の体も自然と動き出すようだ。

これは、平安時代末期に編まれた歌謡集『**梁塵秘抄**《りょうじんひしょう》』に載っている「**今様**《いまよう》」の中

で、もっとも有名な歌といえるものだ。「今様」というのは、平安時代中期から鎌倉時代にかけて流行した歌謡を指す。神楽歌《かぐらうた》や催馬楽《さいばら》など、古くからの歌（古様）に対して、末法思想の流行《はや》る不安な世相を反映し、人々の熱狂的な支持を受けた、当時最新の「現代歌謡曲」が「今様」だった。

この「今様」に熱中し、第一人者を自任していたのが**後白河院**《ごしらかわいん》だ。後白河院は平安末期に34年もの長きに渡って院政を敷いた人だが、「今様」のほうは10歳くらいから愛好し、集大成として『**梁塵秘抄**』を編集したのだ。

『梁塵秘抄』には貴族・僧侶などから、遊女・傀儡子《くぐつし》（旅まわりの芸人）に至る幅広い身分の人が作ったものが収められていて、当時の世相風俗がよくわかる。

女の盛りなるは　十四五六歳二十三四とか　三十四五にしなりぬれば　紅葉の下葉に異ならず

これなどは口語訳不要でわかりやすい。「花の命は短くて」というのは、時代を超えた感覚なのだろう。

◉「日本国第一の大天狗」と呼ばれた法皇は和歌は下手だった⁉

軍記物語『**平治物語**《へいじ》』によれば、後白河院は若い頃「今様狂い」と称されるほどの遊び人であり、「文にあらず、武にもあらず、能もなく、芸もなし」と兄の崇徳《すとく》上皇に酷評されていた。しかし法皇となってからは、政治を裏で操り、「能もなく芸もない」という評価が間違いであったことを証明するかのような権謀術数《けんぼうじゅっすう》ぶりを発揮した。

のちに鎌倉幕府を開いた源頼朝は、後白河法皇のことを「**日本国第一の大天狗**」と言ってののしったという。死の1ヵ月前、孫の後鳥羽《ごとば》天皇が後白河院の見舞いのために訪れた。その時、すでに後白河院は重病だったにもかかわらず、大いに喜んで後鳥羽天皇の笛に合わせて「今様」を歌った。

ちなみに、**藤原定家**《ていか》（さだいえ）の撰んだ『百人一首』には後白河院の歌は入っていない。どういう意図があったかは知る由もないが、どうも後白河院は和歌上手ではなかったようだ。

第3章 CHAPTER 3

中世

CHUSEI

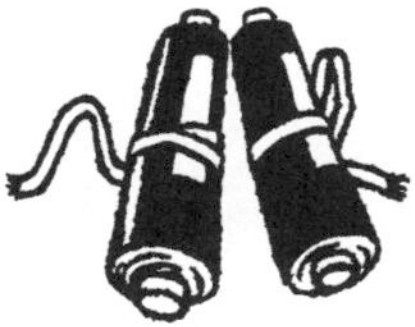

中世の文学まとめ

① いつの時代？……

鎌倉・室町時代、つまり鎌倉幕府成立（1185年ないし1192年）から江戸幕府成立（1603年）までの約四百年間を指す。

② ひとことで言うと……

貴族から庶民へと文学が広がるとともに、無常観の文学が成立した。また連歌や能楽が発生した。

③ 押さえておきたい作品……

『新古今和歌集』『山家集』『宇治拾遺物語』『方丈記』『徒然草』『平家物語』『太平記』『風姿花伝』

鎌倉時代もまだまだ和歌は大人気！「幽玄《ゆうげん》」「有心《うしん》」と和歌は深化した

◉藤原定家が『百人一首』の最後の4首に込めた想いとは？

貴族文化に強く誇りを持つ後鳥羽院（１１８０-１２３９）は、史上最大規模の「**千五百番歌合**」を開催し、さらに『**新古今和歌集**』の撰進を藤原定家ら有力な歌人６人に命じた。１２０５年に『新古今和歌集』は完成するが、その後打倒鎌倉幕府が果たせず承久《じょうきゅう》の乱で敗れた後鳥羽院は、隠岐島《おきのしま》に流されてしまう。

後鳥羽院は隠岐に流される際、『新古今和歌集』の資料を持ち出し、歌の削除や追加を指示するなど、最後まで歌への執念を見せ続けた。そして18年もの改訂作業ののち『隠岐本新古今和歌集』を完成させたのだ。

ちなみに藤原定家の撰んだ『百人一首』のラストの並びはなかなか意味深い。最後の4首は、「**定家→家隆→後鳥羽院→順徳院《じゅんとくいん》**」の順となっているが、97番目の定家、

98番目の家隆は後鳥羽院の和歌の師であり、そして後鳥羽院を挟んで、ラストの100番は父の後鳥羽院のあとを継いで即位した順徳院（承久の乱で佐渡に配流されその地で崩御）となっている。鎌倉幕府に敗れ去った京都の上皇と貴族たち、平安王朝の断末魔が聞こえてくるような並びになっている。後鳥羽院の和歌は次のものだ。

人も愛《を》し　人も恨めし　あぢきなく
世を思ふゆゑに　もの思ふ身は
＝ある時は人を愛しく思い、またある時は恨めしく思う。この世の中を味気なく思うがゆえに、あれこれと思い悩むことが多いわが身は。

◉「幽玄」「有心」を代表する歌とは？

定家とほぼ同時代人である**鴨長明**《かものちょうめい》（1155？－1216）は、歌論書『**無名抄**《むみょうしょう》』の中で、「**幽玄**」のことを「詞《ことば》に現れぬ余情、姿に見えぬ景気なるべし」と定義しているが、この「幽玄」とはどんな美なのか、その定義はなかなか難しいものだ。

定家の父である俊成《としなり》は、「夕されば　野辺の秋風　身にしみて　鶉《うずら》鳴くなり　深草の里」の歌が代表歌だと答えている。俊成の考えた「幽玄の美」というのは、寂寥《せきりょう》と枯淡《こたん》の美であり、平安王朝風の華やかな美とは一線を画していた。

俊成の息子・定家最大の名歌は、『新古今和歌集』にも入集している次の歌だ。

見わたせば　花も紅葉《もみじ》も　なかりけり　浦の苫屋《とまや》の　秋の夕暮れ

＝あたりを見渡してみると、美しい桜の花も鮮やかな紅葉もあるわけではないなぁ。海辺に苫葺《ぶ》きの粗末な小屋が建っているだけの秋の夕暮に過ぎないことよ。それなのに胸に染みてくるこの思いは何なのだろう。

俊成の唱えた「幽玄（味わいの深いこと）」も、それを一歩深めたものとして定家の唱えた「**有心**《うしん》（しみじみしていて風雅なこと）」も、かすかで奥深い夢幻の美を至上とするもので、すべてを削ぎ落としたひとつの美の極致といえる唯美的なものだった。

この世界観は、やがて武野紹鷗《たけのじょうおう》や千利休《せんのりきゅう》によって、茶の湯の心を最もよく表すものとして最高の評価をうけることになる。

◉漂泊の天才歌人、西行の出家の理由は失恋!?

『新古今和歌集』に最もたくさんの歌が入集した（94首）のは、俊成でも定家でもなく、**西行**《さいぎょう》だった。西行（1118-1190）は鳥羽院の北面武士《ほくめんのぶし》（御所の北側を警護する武士）として仕えていたが、23歳の時突然出家した。

出家の理由は、親友の死だとか、高貴な女性との失恋だとか諸説あるが、生きた時代が平安から鎌倉への変革期だったので、世をはかなんで出家したのかもしれない。出家した西行は約50年に渡り、生涯の3分の2を諸国行脚の旅に費やしたことから、「旅する歌僧」と呼ばれている。

『新古今和歌集』の編纂を命じた後鳥羽院は西行を高く評価していた一人で、西行のことを絶賛している。

おぼろげの人、まねびなどすべき歌にあらず。不可説の上手なり。(『後鳥羽院御口《ごく》伝《でん》』)
=生半可な歌詠みの人が、真似などすべき歌のレベルではない。もはや説明できないほどの歌の名手なのだ。

◉自分で詠んだ歌の通りの死に方をするなんて⁉

西行の桜の歌で一番有名なのは西行の私家集である『**山家集**《さんか》』に収録されている次のものだろう。

ねがはくは　花の下にて　春死なむ　そのきさらぎの　望月の頃
=願わくば、満開の桜の下で、春に死にたい。釈迦が入滅されたという二月の満月の頃に。

西行は、その望み通り釈迦入滅の日、桜が満開の陰暦2月16日に亡くなった。『**西行物語**』によると、この時西行は極楽往生を確信した態度で西に向かって経文を唱え、歌を詠じて念仏を1000回以上唱えた。すると空から仏教音楽が聞こえてきて、素晴らしい香りとともに紫色の雲がたなびき、阿弥陀三尊が迎えに来て、西行は極楽往生を果たしたということだ。

◉柿本人麻呂以来の天才現る!!

源実朝《さねとも》（1192-1219）は、鎌倉幕府を開いた初代将軍源頼朝と北条政子《ほうじょうまさこ》の次男として生まれた。兄が暗殺され、わずか12歳の時に将軍となったため実権はなく、操り人形に過ぎなかった。そんな中、実朝は貴族文化、とりわけ和歌に強い関心を持つようになった。実朝は抜群の歌才の持ち主で、初めは技巧的で繊細優美な「古今調」、次に象徴的で情緒的な「新古今調」、そして最後には素朴で雄大な「万葉調」の世界を作りあげていった。

こうした実朝に対して、明治時代に正岡子規が天才歌人として高く評価している。『歌よみに与ふる書』の冒頭に書かれた「万葉以来実朝以来一向に振ひ不申候《もうさずそうろう》」というのは、万葉・実朝以来、和歌がすっかり衰退してしまったという子規の嘆きだ。

さて、歌を愛した実朝は22歳の頃、自作の歌を編集し『金槐和歌集《きんかい》』を作りあげた。その和歌からは実朝が独自に作り上げた世界観や感性が伝わってくる。

山は裂け　海はあせなむ　世なりとも　君に二心《ふたごころ》　わがあらめやも

＝山が裂けて崩れ、海は干上がってしまうような激変の世であろうとも、この私が上皇様（＝後鳥羽院）を裏切るようなことは絶対にありません。

実朝の歌は特に技巧的に優れているわけではないが、心の底から溢れ出る心情を素直に歌ったという点で、人の心を打つ作品になっている。素直に思いのままに言葉を吐き出すと、それが珠玉の歌となるというのは、天賦《てんぷ》の才の成せるわざだろう。

そんな実朝に不幸が襲ってくる。

◉悲劇の将軍実朝。26歳にして殺害され、首は行方不明!?

1219年の1月、3代将軍源実朝が鶴岡八幡宮《つるがおかはちまんぐう》で拝賀の儀式を執り行うことになっていた。降り続く大雪の中、千騎を従えて鶴岡八幡宮の境内に入っていき、無事に拝賀の儀式を終えた実朝が社殿を出て石段を降りてきたところで、悲劇は起こった。

　石段の近くの大銀杏《おおいちょう》に、息をひそめて潜んでいた甥の公暁《くぎょう》が実朝に襲いかかり、実朝が倒れたところを容赦なく首をかき切って殺してしまった。この時、公暁は「親の敵はかく討つぞ」と叫んだと鎌倉時代初期の史書**『愚管抄《ぐかんしょう》』**には記されている。

　公暁は実朝の兄の子であり、自分の父の不幸は叔父の実朝による策謀だと信じ、恨みを晴らすべく機会を窺《うかが》っていた。また、実朝さえ殺せば自らが新将軍の座に就けるのではないかという野望をもって犯行に及

んだともいわれている。

ちなみに、実朝は御所を出る前に庭の梅の花を見て、次のような歌を詠んだ。

出ていなば　主なき宿と　成りぬとも　軒端の梅よ　春を忘るな

＝わたしが立ち去って主人のいない家となっても、軒端に咲いている梅よ、どうか春を忘れずに花を咲かせておくれ。

「御所を出たら二度と戻ることはない」……自分の死を悟っているかのような歌だ。

実朝の首を持ち去った公暁はのちに討ち取られるが、実朝の首はついに見つからなかった。実朝には子がいなかったため源氏の血統は絶たれ、この後北条氏によって政権は握られることになる。

中世は説話が花盛りの時代

仏教説話と世俗説話

◉三大説話集とは、『今昔物語集』『宇治拾遺物語』とそして……

鎌倉時代になると、平安時代に始まった物語文学が影を潜《ひそ》めるのとひきかえに、『今昔物語集』の流れを汲んで、多くの説話集が書かれた。中世は「説話」花盛りの時代といえる。

説話集には『宇治拾遺《うじしゅうい》物語』『古今著聞集《ここんちょもんじゅう》』『十訓抄《じっきんしょう》』のような世俗説話と、『発心《ほっしん》集《しゅう》』『撰集抄《せんじゅうしょう》』『沙石集《しゃせきしゅう》』のような仏教説話の二つの系統があり、語り口が「面白い読み物」であることを強みとして、庶民に広く浸透していった。中でも『宇治拾遺物語』と『古今著聞集』は『今昔物語集』とともに**日本三大説話集**といわれている。

『**古今著聞集**』（1254年）は橘成季《たちばなのなりすえ》により編纂された説話集だが、大半は王朝時代の説話でしめられている。宮廷が政権を失っても、まだ当時は王朝貴族文化への憧れが強かったことがわかるというものだ。説話は全部で700余り。『今昔物語集』に次いで量が多く、百科事典的な要素も持ちあわせている変わり種の説話集といえる。

◉『宇治拾遺物語』は、下品だけれど面白い話も満載!!

『宇治拾遺物語』が中世の他の説話集と一線を画するところは、教訓めいた感じがなく、信仰心を促すような説教くささもないところだろう。

「増賀上人、三条の宮に参りて振る舞ひの事」という話などは、なかなか下品だが面白い。大筋は以下のようなものだ。

ある皇太后が出家して尼になることにした。その儀式に、有名だがちょっと偏屈な高僧を呼んだ。皆の心配をよそに、なんとか無事に儀式は終わったものの、最後にオチが付く。下痢気味だった高僧は、帰り際にどうにも我慢ができず尻をまくって〇こをひり散らしてしまったのだ。その音は宮中の奥まで響き、笑う者怒る者さまざまだったが、物狂いのフリをするその高僧の名声はさらに高まったとか。

こうした下ネタ話を下品な笑い話だな、と片づけることは簡単だが、少なくともここには、平安王朝時代の雅やかな世界とは違う、中世に生きる庶民の本音の世界というものが描かれているといえる。

◉西行に仮託して書かれた仏教説話とは⁉

仏教説話としては、まず鎌倉初期に鴨長明の書いた『**発心集**』がある。内容としては、長明自身を含む隠遁者が多く登場し、発心遁世の難しさや愛欲の恐ろしさを説くなど、長明の人間観察の鋭さが感じられる作品になっている。

続いて、13世紀の中頃成立した『**撰集抄**』がある。これは、諸国を行脚した西行を語り手とした見聞録のように書かれていて、江戸時代までは西行の作と信じられてきたが、あくまで西行に仮託した作品であり、作者は不詳だ。

西行が男に身を売る遊女江口と出会い返歌をかえす話は、観《かん》阿《あ》弥《み》作の『**江《え》口《ぐち》**』の題材となったり、西行が人骨を拾い集めて生きた人間をつくる話など、面白い説話もあるが、説話の終わりではこの世のはかなさを説いて読者を信仰に導こうという目的から書かれている。

隠者文学の双璧『方丈記』『徒然草』

この世の無常観を綴った鴨長明と兼好法師

◉鴨長明の『方丈記』の冒頭は『枕草子』に匹敵する超～名文!!

仏教説話『**発心集**』を書いた鴨長明といえば、一般的には随筆『**方丈記**』が有名だろう。特に冒頭部分は、暗唱させられた人も多いのではないだろうか。

ゆく河の流れは絶えずして、しかももとの水にあらず。よどみに浮かぶうたかたは、かつ消えかつ結びて、久しくとどまりたるためしなし。世の中にある人とすみかと、またかくのごとし。

これぞ名文！　という意味では清少納言の『枕草子』の冒頭「春はあけぼの～」、軍記物語『平家物語』の冒頭「祇園精舎《ぎおんしょうじゃ》の鐘の声～」に匹敵するものといえるだろう。

ただ、『方丈記』は、慶滋保胤《よししげのやすたね》の『**池亭《ちてい》記《き》**』を手本としているといわれている。慶滋保胤という人物はあまり知られていないが、長明より200年ほど前、藤原道長とほぼ同時代の平安時代中期の文人・儒学者だ。著書の『池亭記』において、長明が参考にしたように、保胤も郊外に小宅を建てて、隠遁《いんとん》生活を楽しんでいる。保胤こそが隠棲《いんせい》文学の祖ともいわれている。

◉負けて、負けて、負けて、たどり着いた「方丈の庵」!!

それにしても、彼の終《つい》の住処《すみか》となる小さな「方丈の庵（約3メートル四方）」に鴨長明がたどり着いたのはどうしてだろうか？

長明は、賀茂御祖《かもみおや》神社の神事を統率する禰宜《ねぎ》の次男として生まれた。若い頃は和歌の才能で認められていた長明だが、神職としての出世の道においては、何度も痛い目に遭い、ライバルたちに敗北してしまう。世をはかなんだ長明はついに出家し、「老いたる蚕《かひこ》の繭《まゆ》を営むがごとし」と山中の方丈生活に入ってしまったのだ。「一間の庵、自らこれを愛す」と負け惜しみともいえる台詞《せりふ》をはいている長明だが、最後には草庵の生活に愛着を抱くことさえも悟りへの妨げとして否定している。

そして、長明はすべてを捨て去った「無常観」の果ての境地で、南無阿弥陀仏を2、3回唱え、『方丈記』の筆を置いている。

◉三大随筆最後の作品、『徒然草』は、100年間無視され続けた!?

南北朝という戦乱の時代に生きた**兼好法師**（1283頃－1352以後）が書いた『**徒然草**《つれづれぐさ》』は『枕草子』『方丈記』と並んで三大随筆といわれている。

…………

つれづれなるまゝに、日くらし、硯《すずり》に向かひて、心にうつりゆくよしなしごとを、そこはかとなく書き付くれば、あやしうこそ物狂ほしけれ

…………

現代では、知らない人はいない有名な『徒然草』の序段だが、意外なことに執筆後約100年間は注目されなかったようだ。表舞台に出てくるのは、兼好法師の死後100年ほど経った室町中期頃に歌僧・正徹《しょうてつ》が注目し、自ら写本して兼好法師の略歴も併せて記《しる》したあたりからだ。

その後、「無常観の文学」という観点から連歌師たちに波及し、江戸時代に入ると、今度は教訓話として町人たちに身近な古典として広く愛好されるようになり、当時の一流の絵師の筆による絵巻が作られて古典の仲間入りをした。

◉『方丈記』はネガティブ、『徒然草』はポジティブ⁉

『徒然草』の内容はまさに書名通りで、兼好法師の思索や雑感、見聞した逸話などを「つれづれと」書いたもので、隠者文学の一つと呼ばれている。全体を通してのトーンは「無常観」に貫かれているといえるが、長明の『方丈記』とは少し違っている。

あだし野の露きゆる時なく、鳥部山《とりべやま》の烟《けぶり》立ちさらでのみ住みはつるならひならば、いかにもののあはれもなからん。世はさだめなきこそいみじけれ。（第7段）

兼好法師は「この世は死があるからすばらしいのだ。死があるからこそ、生きていることに価値があるのだ」と人生のはかなさや戦乱の世を嘆くことなく、無常を認めて意味さえ見出している。そこが、大火、疫病、飢饉、大地震などの災厄に見舞われた世の中の無常を書いた『方丈記』との大きな違いといえる。長明の「無常」はすべてを捨て去ったネガティブなもの、一方、兼好法師の「無常」は生と死を肯定するポジティブなものといえるだろう。

軍記物語の最高傑作『平家物語』

平氏滅亡に見る滅びの美学

◉日本文学史上最高傑作のひとつ、『平家物語』誕生!!

平安時代後半に書かれた『**将門記**《しょうもんき》』『**陸奥話記**《むつわき》』は、「軍記物語」の先駆けといえる作品だが、漢文体で綴られており記録性の高いものだった。

鎌倉時代に入ると、保元《ほうげん》の乱と平治《へいじ》の乱を題材とした『**保元物語**』『**平治物語**』が書かれる。この2作は単なる記録を超えて、新興武士の活躍や悲劇の様子が和漢混交文で書かれた。ここに文学としての「軍記物語」が成立したといっていい。そして、軍記物語最大の傑作にして、日本文学史に燦然《さんぜん》と輝く大傑作である『**平家物語**』が生まれる。

……祇園精舎《ぎをんしゃうじゃ》の鐘の声、諸行無常《しょぎょうむじゃう》の響《ひびき》あり。沙羅双樹《しゃらそうじゅ》の花の色、盛者必衰《じゃうしゃひっすい》の理《ことわり》をあ……

らはす。驕《おご》れる人も久しからず、唯《ただ》春の夜の夢の如し。猛《たけ》き者もつひには滅びぬ、偏《ひとへ》に風の前の塵に同じ。

この有名な書き出しで始まる『平家物語』は、僧体の盲目の芸能者で知られる琵琶《びわ》法師によって琵琶を弾きながら語られてきた。これを「**平曲**」と呼ぶ。

◉栄枯盛衰、この世の頂点を極めた平家はすべてを失っていく

『平家物語』では、源平の勇猛な合戦の様が迫力ある和漢混交文で書かれるとともに、哀切極まりない場面では、リズムのある七五調で詩的に語られる。叙事詩と抒情詩が見事に織り成しており、**仏教的無常観**に基づいて描かれる中世文学の頂点ともいえる作品だ。

中でも白眉は、平家が都落ちして以降、特に壇《だん》ノ浦《うら》で全滅するに至る後半部分だろう。清盛《きよもり》の子・知盛《とももり》は、「もはや、見るべきものは全て見た」と呟いて、体が浮かばないように鎧《よろい》を二重に着込んで波頭に消えた。

清盛の妻・二位《にい》の尼《あま》も最期の時がきたことを悟り、まだ数え年8歳（満6歳4ヵ月）

だった安徳《あんとく》天皇とともに身を投げ、女御《にょうご》たちも次々と入水《じゅすい》していった。しかし、源義《よし》経《つね》は「女性は救うべし」と命令を出していたので、安徳天皇の母・中宮徳子《とくこ》（清盛の娘）など数人が海から引き上げられたのだった。栄枯盛衰とはまさにこのこと、平氏の敗北はこの世の「無常」を実感させるものだった。

心ならずも壇ノ浦で捕らえられ、生きながらえてしまった徳子は建礼門院《けんれいもんいん》と名を変えて出家し、京都の北も北、大原の奥の寂《じゃっ》光院《こういん》へと移った。

そこへ、かつて徳子が中宮だった頃に仕えていた右京大夫《うきょうのだいぶ》が訪ねてきた。かつて中宮として華やかりし頃にお仕えしていた

姿とは打って変わって落魄《らくはく》した建礼門院の姿を見て、右京大夫は涙した。そして右京大夫が76歳の頃、『新勅撰和歌集』を撰ぶに際して、藤原定家から歌の資料を求められた時に提出したのが**『建礼門院右京大夫集』**だった。

激動の時代を生きた証を記録した「裏平家」ともいえる『建礼門院右京大夫集』の最初には、次の歌が置かれている。

われならで　たれかあはれと　水茎《みづぐき》の　跡もし末の　世に伝はらば

＝私以外の誰がこの本をしみじみと読んでくれるだろうか、今書きとどめることの家集がもし後の世まで伝わるならば。

◉「一人当千の兵者」と記された巴御前は、本当に実在したのか!?

傲慢な平氏を都から追い出してくれたヒーロー木曽義仲《きそよしなか》こと**源義仲**（1154-1184）は、都の人々から歓迎された。そこでついたあだ名が「朝日（旭）将軍」。京都の治安回復を期待されて入京した義仲軍の兵士たちだったが、連戦の疲れと食糧不足が重なり、統制が取れなくなって暴徒と化していく。こうした状況を見かねた後白河法皇は、頼朝に「義仲追討」の命令を出す。

この時、義仲軍はたった7千、頼朝軍は6万。もはや敗北は決定的だった。戦えど戦えど味方は減っていき、ついに義仲の味方は5騎になってしまうのだが、その5騎の中に残っていたのが**巴御前**《ともえごぜん》だった。

源義仲の愛妾である巴御前は、『平家物語』に「色白く髪長く、容顔まことに優れたり。強弓精兵、一人当千の兵者なり」と記されているものの、本当に実在した人物であるかどうかは疑わしい。しかし、『**源平盛衰記**《げんぺいせいすいき》』に描かれている勇ましい姿は印象に残るものがある。

いよいよ味方が5騎となり、死を覚悟した義仲は、「お前は女だから、どこへでも逃げて行け。『義仲は最後に女を連れていた』などと言われるのは本意ではないのだ」と巴御前に言った。しかし、最後まで一緒に戦う気持ちだった巴御前は、自らも覚悟を決め、

あっぱれ、よからうかたきがな。最後のいくさして見せ奉らん。
＝ああ、良い敵がいるといいなぁ。最後の合戦をお見せ申そう。

という言葉を残し、敵陣に向かっていく。そして大力と評判の敵の大将の首を取って投げ捨てると、鎧を脱ぎ捨てその場から姿を消してしまうのだ。この最後の台詞と、引き際の素晴らしさが巴御前を一代のヒロインとしてその存在を決定づけた。

一方の義仲は、自害を決意して逃げている最中に馬の足が田んぼのぬかるみにはまって身動きが取れなくなり、そこを逃さず敵の矢が襲って額を貫き、絶命してしまったのだった。こちらは、無念の最期を遂げたことが『平家物語』に描かれている。

◉「弁慶の立往生」と「判官びいき」、そして伝説の数々……

源平争乱において、源氏勝利の最大の殊勲者といえる**源義経**《よしつね》（1159－1189）を主人公として描かれているのが室町時代初期に成立した『**義経記**《ぎけいき》』だ。

義経は壇ノ浦で平氏を打ち破り見事に殊勲を立てたものの、戦いにおける独断専行ぶりなどから兄・源頼朝の反感と怒りを買って対立することになり、ついには朝敵とされ、追われる身となってしまう。

義経一行は山伏の姿に身をやつし、追捕の網をかいくぐって奥州にたどり着いた。しかし、頼りにしていた藤原秀衡《ひでひら》の死後、頼朝の追及を受けた秀衡の息子・泰衡《やすひら》の裏切りに遭う。次々と味方を失っていく中で、弁慶《べんけい》は最後の意地を見せて戦うものの、もはや多勢《たぜい》に無勢《ぶぜい》、全身に無数の矢を受けた弁慶は金剛力士のように仁王立ちし、笑みを浮かべたまま死んでしまう。これが後世に語り継がれた「**弁慶の立往生《たちおうじょう》**」だ。

弁慶が敵兵を寄せ付けないでいてくれた間、すべてを観念した義経は、正妻と幼い姫君とともに自害して果てた。享年31歳。その非業《ひごう》の死に終わった人生は多くの人の同情を引いて「**判官贔屓《ほうがんびいき》**」という言葉を生み、また多くの伝説や物語を生んだ。

ちなみに「判官贔屓」とは、「弱い立場に置かれている者に対して、道理や理屈を超えて同情を寄せてしまう心情」をいう。

「判官」の読みは通常「はんがん」だが、義経の伝説や歌舞伎などでは伝統的に「ほうがん」と読む。

弁慶は確実に死んだわけだが、義経はというと、実は死んでおらず、蝦夷地《えぞち》に渡ってアイヌの王となったとか、義経は蝦夷地から海を越えて大陸へ渡り、ついには成吉《ジンギ》思汗《スカン》になったとする「義経＝ジンギスカン説」とかまで出てくる始末だ。

◉大恋愛の末に結ばれた二人、源頼朝と北条政子!!

『吾妻鏡《あずまかがみ》』は、鎌倉時代に成立した日本の歴史書で、鎌倉幕府の初代将軍・源頼朝から第六代将軍までの幕府の事績を編年体で記したものだ。その中で描かれている鎌倉幕府を開いた源頼朝の妻・**北条政子《まさこ》**（1157－1225）の姿はとても興味深い。

北条時政《ときまさ》の娘に生まれた政子は、当時まだ流人《るにん》であった頼朝と恋に落ちた。二人の関係を知った父・時政は激怒し、平氏方に知られるのを恐れて政子を別の男に嫁がせようとした。ところが祝言《しゅうげん》の最中、政子はその場を抜け出し、山を越えて頼朝の所に駆け込んでくるのだ。

『吾妻鏡』にはその様子が、「暗夜に迷ひ、深雨をしのぎ、君の所に至る」と書かれているが、距離にして20㎞、雨降る夜中にたった一人で山を越えたうら若き乙女である政子は、何と気丈な女性なのだろうか。まだ当時は21歳の若さだ。しかし、この強さにこそのちに鎌倉幕府の実権を握り、「尼将軍《あま》」と称される政子の原点を見る気がする。

◉尼将軍北条政子の一世一代の名演説とは⁉

愛を貫いて駆け落ちを果たした頼朝と政子の二人はついに結ばれる。しかし、頼朝と結婚して20年、政子の忙しくも幸福な時代は終わりを告げた。

頼朝が落馬して急死すると、政子は出家をし「尼御台《あまみだい》」と呼ばれた。さらに頼朝亡きあと征夷大将軍となった嫡男・頼家、次男・実朝が相次いで暗殺され、ついに四人の子供をすべて失った政子は幕政の実権を握り、世に「尼将軍」と称された。

そこに大事件が起きる。執権政治を行っていた北条義時《よしとき》に、後鳥羽上皇から追討の院宣が下りた。鎌倉幕府創立以来、初めての危機に直面した御家人《ごけにん》たちは、朝敵となったことに動揺し、戦うことをためらっていた。

そこに現れたのが尼将軍・北条政子だった。『吾妻鏡』の中の有名な「最後の詞《ことば》」

の場面だ。

皆心を一にして奉るべし。（中略）名を惜しむの族《やから》は、早く秀康《ひでやす》・胤義《たねよし》等を討取り三代将軍の遺跡を全うすべし。但し院中に参らんと欲する者は、只今申し切るべし。

＝みなさん、心を一つにして聞いてください。（中略）名を惜しむ者は、朝廷側に付いた（藤原）秀康・（三浦）胤義らを早々に討ち取り、三代にわたる将軍の恩に報いなさい。ただし、もしこの中に朝廷側に付こうと考えている者がいるならば、今すぐここで名乗り出なさい。

激しくも一世一代の名演説といえる政子の詞《ことば》を聞いた御家人たちは涙を流し、武者震いをして立ちあがり、「我先に」とこぞって戦場に向かっていったと伝えられている。政子の言葉によって一致団結した御家人たちは見事に戦いに勝利したのだった。

鎌倉時代の女流文学
あんなこともこんなことも赤裸々に綴った日記

◉恋に破れ、狂気の中出家する激しい女性を描いた『うたたね』!!

のちに『**十六夜**《いざよい》**日記**』という中世の日記文学の白眉とされている作品を書くことになる**阿仏尼**《あぶつに》（生年不詳－1283）だが、彼女には若い頃の作品もある。

阿仏尼は10代の頃、宮仕えしていた間にある貴人と激しい恋に落ち、しばらくしてフラれてしまった。阿仏尼はその経緯を後に回想して、『**うたたね**』という日記に綴っている。大恋愛に破れてしまった阿仏尼は突然出家を決意し、自ら髪を剃ってしまう。そして、雨降る山路の暗闇の中を一人ひたむきに尼寺を目指して歩いていく。その姿は、本人も「あやしくもの狂ほしき姿」と書いているように、恋に破れた若き女性の狂気の姿でもあった。

その後、藤原為家《ためいえ》と巡り会い結ばれ、子供も生まれた。ただし、正妻ではなく側室としてだったが……。為家はあの大歌人・藤原定家の後継ぎ息子だったので、かなりの財産を残して78歳で没した。

◉遺産相続はいつの時代も揉めるもの⁉

為家が亡くなると、遺産相続の問題が勃発した。側室とはいえ、為家の寵愛《ちょうあい》を受けて二人の男子を生み、歌壇における地位も確立していた阿仏尼は、戦う覚悟を決めた。当時、相続については公家法と武家法で解釈が違っていたので、阿仏尼は自分の息子に有利な立場をとっている鎌倉幕府に訴えるため旅立つ決心をした。

13世紀後半において、京から鎌倉まで旅をするというのは簡単なことではなかった。ましてや当時の阿仏尼は高齢。しかし「母は強し！」、京を立ちはるばる鎌倉へと向かった。京を出発したのが10月16日であるところから、この日記を『十六夜日記』と呼ぶようになった。

さて、鎌倉に来て5年目の夏を迎え、阿仏尼は裁判の判決が下るのを待たずにこの世を去ってしまう。しかし、阿仏尼が奮闘したおかげで裁判には勝訴した。

その後、歌道の家として阿仏尼の子の冷泉《れいぜい》家は残っていく。その冷泉家伝来の古書を収めていた「御文庫《おぶんこ》」が京都に残ったことで、至宝とも呼べる文化遺産が今日に伝えられた。

それもひとえに、阿仏尼が「自分が頑張らなければ歌道は滅びてしまう」と考え、悲願を胸に必死で京から鎌倉へと旅したご加護なのかもしれない。

◉愛憎うずまく恋愛遍歴を赤裸々に書いた日記とは!!

1940年（昭和15年）に、山岸徳平《やまぎしとくへい》という学者によって紹介されるまで、宮内庁書陵部の奥深くに人知れず眠っていた日記がある。それは14世紀初め頃に成立した日記『**とはずがたり**』だ。

作者の後深草院二条《ごふかくさいんのにじょう》は、『源氏物語』の紫の上のように幼くして宮廷に入り、女房として仕えながら後深草院の寵愛を受けた女性だ。

今宵はうたて情けなくのみあたりたまひて、薄き衣はいたくほころびてけるにや、残る方なくなりゆくにも、

＝院は今宵はひどく思いやりなく振る舞いなさって、私の最後に身を包んでいた薄い衣もひどくほころびてしまったのか、残るところはなくなってしまうにつけても、

これは14歳で迎えた後深草院との新枕の様子で、信頼していた後深草院から手ごめにされたことを、（古文がわからなくても）容易に想像できる様子で描いている。さらに衝撃的なことに、後深草院のために他の女性との仲をとりもったり、後深草院から他の男性と関係することを強要されたりと、次々に愛欲絵巻が繰り広げられる。やがて後深草院からの寵愛も冷め、宮廷を追われた二条は、出家して修行遍歴の旅に出た。

南北朝を描く軍記物語と歴史物語
『太平記』と『増鏡』

◉日本の歴史上最高傑作と評される落書とは!?

曲と節をつけた講釈師の「太平記読み」として近世にも語り継がれた『**太平記**』（1371年以降に成立）は、鎌倉末期から南北朝中期までの約50年間の争乱を描いているが、その中心にいたのは後醍醐《ごだいご》天皇（1288-1339）だ。

鎌倉時代後期に即位した後醍醐天皇は、鎌倉幕府の討幕を計画するも失敗に終わり、隠岐島に流されてしまう。しかしその後、楠木正成《くすのきまさしげ》や新田義貞《にったよしさだ》、そして足利尊氏《あしかがたかうじ》などを味方につけて巻き返し、念願の鎌倉幕府打倒に成功した。

しかし後醍醐天皇の行った建武《けんむ》の新政は、独善的なもので失政が多かった。『**梅松《ばいしょう》論**』に出て来る「朕が新儀は未来の先例たるべし」という言葉に象徴されるように独善的なもので、恩賞が不公平だったり、法令や政策が朝令暮改を繰り返したりするなど失政が多く、武士からの不満はもとより、味方のはずの公家達からさえも見離される始末だった。

有名な**「二条河原の落書《らくしょ》」**には、建武の新政の混乱ぶりや不安定な社会の様を批判・風刺した文が次のように書かれた。

此比《このころ》都ニハヤル物
夜討強盗謀綸旨《にせりんじ》
召人《めしうど》早馬虚騒《そらさわぎ》動
生頸《なまくび》還俗《げんぞく》自由《まま》出家
俄大名《にはかだいみやう》迷者《まよひもの》
安堵恩賞虚軍《そらいくさ》

このあとも全88節に渡って書かれる「二条河原の落書」は、日本の歴史上最高傑作と評される落書の一つで、落書の最後に「京童《きょうわらべ》ノ口ズサミ、十分ノ一ヲモラスナリ」と書かれているが、内容や文体・語彙力などから、かなりの教養人の手によるものと推測されている。

◉「傾国の美女」、阿野廉子を『太平記』はどう批判する⁉

　さて、こうして批判続出の政治を行った後醍醐天皇は、間もなく足利尊氏の離反に遭ったために都から大和吉野へ逃れ、南朝（吉野朝廷）を樹立する。ここで登場するのが、**阿野廉子**《あののれんし》（1301－1359）という女性だ。

　後醍醐天皇の女性関係は実に華やかで、子供を産んだ女性だけで20人、生まれた子が皇子17人、皇女15人という子だくさん。その中にあって、廉子は大勢の妃たちを押しのけて後醍醐天皇の寵愛を独占して権勢を振るい、自分の産んだ皇子を皇位に就けるべく様々な画策をしたと伝えられている。

『太平記』《たいへいき》において、廉子は容姿端麗な「殊艶」であったのみならず、誠実さがなく口先だけが巧みな「便佞」《べんねい》、さらには建武の新政を挫折させた「傾国の美女」であったと書かれている。

　吉野で後醍醐天皇が南朝を開いた後は、廉子の産んだ皇子が後村上《ごむらかみ》天皇として即位し、廉子は「国母」《こくも》となる野望を達成した。しかし、京都を奪回して天下を太平に帰する願いはかなわないまま後醍醐天皇は崩御する。

　その後、廉子は後村上天皇をたすけ南朝の支えとして生き抜くが、再び京の空を見ることはかなわなかった。南北朝が合一（１３９２）されるのは、廉子の死後30数年が経ってからであった。

◉『太平記』と対照的なスタンスの歴史物語『増鏡』

『太平記』と同じ頃に成立したと考えられている『増鏡《ますかがみ》』は、『大鏡』『今鏡』『水鏡』に続く四鏡最後の作品だ。『増鏡』は後鳥羽天皇の生誕から、後醍醐天皇の討幕までを記した歴史物語で、嵯峨《さが》の清涼寺《せいりょうじ》に参詣に訪れたある男から昔話をせがまれた１００歳の老尼が回想しながら語るという形で展開する。

『増鏡』が『太平記』と異なるのは、中立的な立場ではなく、天皇側に立って書かれた歴史物語であるということだ。後醍醐天皇の即位から、隠岐配流、そして後醍醐天皇が都に戻って新政を回復するところで終わっている『増鏡』には、悲劇の生涯を閉じる後醍醐天皇の姿は描かれていない。

中世の芸能は「能」で決まり！
天才親子が一世を風靡する

◉天才親子、現る!!

奈良時代に中国から伝わった「散楽《さんがく》」は、物真似、曲芸、奇術などの大衆演芸であったが次第に「**田楽**《でんがく》」と「**猿楽**《さるがく》」の二種類に分かれていく。「田楽」とは、田植えの際に豊穣を祈った農村の歌や踊りが演目となったもの。「猿楽」とは、曲芸や物真似などを見せる芸で、身のこなしが猿のように軽快なことからそう呼ばれていた。

そんな中、天才親子が出現する。**観阿弥**《かんあみ》（1333－1384）と**世阿弥**《ぜあみ》（1363？－1443？）親子だ。観阿弥は田楽と猿楽とをミックスさせた、全く新しい芸を誕生させ、「観世座《かんぜざ》」を創設して、猿楽を進化させるために精力的に活動し続けた。

41歳の時（1374年）、観阿弥にとって人生最大の転機が訪れた。京都の今熊野《いまくまの》神社で能が行われた時、熟練した観阿弥の技と、その息子・世阿弥の美しさにすっかり魅せられた将軍足利義満《よしみつ》によって幕府の手厚い保護が始まった。この1374年こそが「**能楽の紀元元年**」といわれている。

まだ10歳そこそこだった世阿弥の存在は、義満にとって「寵童《ちょうどう》」、つまり男色相手の稚児だったのだろう。ただ、男色は当時珍しいことではなく、特に武将や僧侶の間では日常的なことだった。もちろん、義満と世阿弥の関係は単に性的なものだけではなく、性を媒介として芸術的美意識にまで高められたものだったことは間違いない。

◉「花」に象徴される「能」の美学とは

能の演目は全部で200番以上あるが、

世阿弥の作品だと判明しているのは傑作ばかりで、その数も50番以上という凄さ。また、すぐれた芸論である『**風姿花伝**《ふうしかでん》（花伝書《かでんしょ》）』も書いているので、その中の有名な一節を紹介しよう。

秘する花を知る事。秘すれば花なり、秘せずば花なるべからず、となり。この分け目を知る事、肝要の花なり。

＝花は秘めておく事が大切だということを知る事。秘めておくからこそ、それが花になり、秘めずに公開してしまったならば花になり得ないのだ。この、秘めておくか、秘めておかないかというところを分別する事が、花の最も大切なところである。

『風姿花伝』は、世阿弥が我が子孫のためだけに書き残した秘伝書だったので、多くの人に読まれるようになったのは20世紀に入ってからのこと。まさに「秘すれば花」だ。ただ、ここに書かれている内容は、「能」の稽古論を超えて、現代に通じる世阿弥の教育論・人生論として示唆に富んだ内容となっている。

和歌をしのぐ勢いで広まった連歌
中世に大流行した創作ゲーム

◉連歌の起源はヤマトタケル!?

中世後期になると、歌人たちは和歌ではなく**連歌**《れんが》を盛んに詠むようになる。連歌の指導者として連歌師と呼ばれる人々が次々に登場し、連歌は武家から庶民にまで流行するほど階級を問わず浸透していった。しかし、連歌は突如として生まれたわけではなく、なんとヤマトタケルが登場する『古事記』を起源としているのだ。

…………

新治《にひばり》　筑波《つくは》を過ぎて　幾夜か寝つる

＝新治や筑波山を過ぎてから幾晩寝ただろうか

…………

というヤマトタケルの問いかけに、

かがなべて　夜には九夜《ここのよ》　日には十日を
＝指折り数えて夜で言えば九夜、昼間で言えば十日が過ぎました

と老人が答える場面がある。後世の連歌師は、『古事記』にある五七五のやりとりを発祥とすることで、和歌に匹敵するほど連歌を権威あるものだと主張した。そして、ヤマトタケルの句にある「筑波」にちなみ、連歌は「筑波《つくば》の道」と呼ばれた。

◉連歌を芸術の域にまで高めた最大の立役者・二条良基

南北朝の政情不安の中で、最初の連歌集『**菟玖波《つくば》集**』を編纂したのが、二条派の歌人で、北朝（足利尊氏側）四代の天皇に仕えて摂政・関白にまでなった二条良基《よしもと》（1320-1388）だ。『菟玖波集』は、和歌の勅撰集にならって20巻に2000句余りの連歌が収められ、足利尊氏から準勅撰集として認められている。

この時代に最高の連歌師と呼ばれた二条良基が手掛けた『**応安新式《おうあんしんしき》**』は標準的な連歌の規則として70年ものあいだ使われ続けた。また、良基の連歌論書『**連理秘抄《れんりひしょう》**』

『筑波問答《つくばもんどう》』によって、連歌は文学としての一分野を築くことができたのだ。

『筑波問答』は90歳の老人が問いかけに応じて連歌を語るもので、『大鏡』などの歴史物語のような味わいをもった歌論書の傑作だ。良基は、連歌には舞楽の「序破急」のようなめりはりのある流れが必要であると考えていた。

また『連理秘抄』には、連歌の学び方から初心者の心得、連歌の用語、歌会での礼儀作法などが網羅され、後世の連歌師にとって基本となった。良基の思いは「連歌には高貴な身分や学識も必要がない」という言葉に強く表れている。

◉「座の文芸」と呼ばれる連歌とは？

連歌とは、最初に和歌の五・七・五（発句）を詠み、次に別の人が七・七を付け、それ以後、五・七・五（長句）、七・七（短句）と交互に作って、最後に七・七（挙句）を詠んで、ひとつの詩になるように競い合って楽しむものだ。

百句になるまで長句・短句を交互に連ねていくものを「**百韻連歌**《ひゃくいんれんが》」といい、鎌倉時代から江戸時代の連歌の基本形となった。また江戸時代中期以降の連歌は、三十六句を詠み継いでいくもので、これを「**歌仙《かせん》連歌**」といい、現在の連歌の基になっている。

■発句……「発句」とは、連歌の一番初めに詠まれる句（五・七・五）のこと。必ず季語・切れ字を入れなければならない。

■挙句……「挙句」とは、連歌を締めくくる最後の句（七・七）のこと。ちなみに、「挙句の果て」という言葉の語源はこの「挙句」である。

連歌は原則として二人以上で行うもので、その場で創作と鑑賞とをくり返して進めてゆくため、共同制作の文芸、「座の文芸」と呼ばれることが多い。

二条良基と救済《きゅうせい》（連歌師）の連歌をちょっと見てみよう。

……………

（前句）松あるかたに　蟬や鳴くらん（二条良基）

（付句）山水の　ながるる音は　雨ににて（救済）『救済周阿《しゅうあ》心敬《しんけい》連歌合《れんがあわせ》』

……………

二条良基が詠んだ前句《まえく》は、「松林のほうから聞こえてくるのは蟬が鳴いている声だろうか」というものだが、そこから救済は連想して、「いや、あれは松林の中に流れている山水の音が蝉時雨のように聞こえてくるのだ」という付句《つけく》で連歌を続けている。

こうした連歌を採点する人を「点者《てんじゃ》」と呼んだ。純粋に連歌を詠む真面目で高尚なものから、卑猥な連歌で盛り上がる酒盛りか何かわからない連歌会まで出現し、連歌の人気はますます高まっていった。

江戸時代には、それまでの連歌にユーモアや風刺を取り入れた「**俳諧連歌**《はいかいれんが》」が盛んになり、庶民の間で広く人気を集めた。俳諧は江戸時代に入ると**松永貞徳**《まつながていとく》の「貞門《ていもん》派《は》」、**西山宗因**《にしやまそういん》や**井原西鶴**《いはらさいかく》らによる「談林派《だんりんは》」が現れたが、**松尾芭蕉**が「**蕉風**《しょうふう》」俳諧を確立するに及んで、俳諧の芸術性が高まり、発句が独立して「**俳句**」へと発展していくことになる。

◉連歌のレベルを三段階に分けた心敬

心敬《しんけい》（1406-1475）は、比叡山で修行したのち、冷泉派の歌人となり、さらに和歌の師である正徹《しょうてつ》の死をきっかけに連歌を志した。

その心敬が書いた連歌論書『**ささめごと**』は、二条良基をも上回る厳格なもので、連歌を志す人に「真の幽玄とは、表面的な優雅さではなく、詠む人の心の中にある。

どのような句にも通じる歌の風体が幽玄であり、連歌の道は仏教と同じ修行の道である」という言葉を遺している。

心敬は、連歌のレベルを初心者から名人まで三段階に分けた。そして、連歌の退廃、腐敗ぶりに活を入れ、ただ流行に乗って活躍する素人か玄人がわからない連歌師を、「田舎ほとりの人」と呼んで容赦なく軽蔑している。

◉「心の連歌師」と呼ばれた連歌の巨匠・宗祇!!

二条良基の『菟玖波集』から約140年後の1495年（足利義政《よしまさ》が銀閣寺を建てた頃）、準勅撰集**『新撰菟玖波集』**を編纂したのが、西行、芭蕉とともに漂泊の詩人として数えられる**宗祇《そうぎ》**（1421－1502）だ。

宗祇は幼いころ、両親とともに旅芸人として全国を回っていたと言われている。その後、連歌師として有名になり、応仁の乱の前後に東国に下った宗祇は、**心敬**にも弟子入りするなど多くの歌人や連歌師と交わり、連歌の人気が最高潮に達した時代を象徴する一人として活躍し、地方の大名から招待されて引っ張りだこととなる。

宗祇の代表作のひとつに、**『水無瀬三吟何人百韻《みなせさんぎんなにひとひゃくいん》』**（1488年）がある。かつて後

鳥羽院の離宮があった摂津の国の水無瀬に集まって院に捧げた百韻連歌だ。その中の、

……草木さへ　ふるき都の　恨みにて……

は、応仁の乱で荒れ果てた京の都の惨状が伝わってくる哀しい句といえる。叙情性の高い句を多く詠んだ宗祇は、「**心の連歌師**」と呼ばれ、「宗祇の前に宗祇なし、宗祇の後に宗祇なし」と評される巨匠となった。

◉ただの頓智小僧ではない一休さんの真実とは⁉

心敬とほぼ同時代、宗祇より少し早く生まれた「一休《いっきゅう》さん」の愛称で知られる臨済宗の僧、**一休宗純《そうじゅん》**（1394―1481）は、絵本や童話の題材になったり、アニメでも扱われたりして多くの人に頓智《とんち》小僧として知られている。

意地悪な桔梗屋の「このはし（橋）渡るべからず」を「このはし（端）渡るべからず」と切り返して堂々と橋の真ん中を渡った話や、時の将軍足利義満に「屛風絵の虎退治」を依頼され、「では捕まえますから、虎を屛風絵から出して下さい」と言って

将軍をもギャフンと言わせた話は有名だ。
そうしたイメージは、江戸時代に作られた説話『**一休咄**《ばなし》』によるものだが、実在の一休の人生は、一筋縄ではいかないものだった。

後小松《ごこまつ》天皇の落胤《らくいん》（身分・地位のある男が正妻でない女にひそかに生ませた子）とも言われる一休は、88年の生涯において、女犯《にょぼん》・男色・飲酒など、僧侶としてはあるまじき、反道徳・非常識な行動を次々と起こす。

一休が漢詩集『**狂雲集**《きょううんしゅう》』（「狂雲」は一休の号）の「自賛」という詩の冒頭で、

風狂狂客起狂風（風狂の狂客、狂風を起こす）

と、自らを「風狂の狂客（戒律を全く守らない気が狂った人）」と称しているように、当時の世間の常識を超越した、自由な発想と天真爛漫な行動をしたのが一休だった。

◉一休さんの晩年の恋⁉

さて、一休が77歳の時、盲目の美女旅芸人、森女《しんじょ》と運命の出会いをした。森女は20代後半。二人には50歳近くも年齢差があったが、一休は森女にベタ惚れ。森女も一休の気持ちを受け入れ、二人は同棲生活を始める。

一休の森女への溺愛ぶりは相当なものだったようで、『狂雲集』には森女の美しさをたたえた漢詩をいくつも載せている。

一代風流之美人（一代風流の美人）
艶歌清宴曲尤新（艶歌清宴曲　もっとも新たなり）
新吟腸断花顔靨（新吟腸断つ　花顔の靨《えくぼ》）
天宝海棠森樹春（天宝の海棠《かいだう》　森樹の春）
＝森女よ、お前は上品で趣のある一代の美人だよ。宴の席で艶歌を歌う声も素晴らしく、曲は当然のようにいつも新鮮に聴こえる。花のように美しい顔にあるえくぼの愛らしさに、私の胸は今にも張り裂けそうだ。森女よ、おまえの美しさは、かの天宝の海棠（最高の美人の象徴）のようだ。

一休は、愛する森女との口づけや、心と体の欲するままに互いをまさぐり合い、求め続ける様子を『狂雲集』において赤裸々に描いている。「美人の淫水を吸ふ」などという直接的な淫詩を残しているが、そこでは開悟してもなお捨てきれない、色欲に素直に身を任せた一休の姿を読み取ることができる。

第4章 CHAPTER 4

近世

KINSEI

近代の文学まとめ

① いつの時代?……

江戸時代。徳川家康が1603年に江戸に幕府を開いてから、十五代将軍慶喜が大政奉還(1867年)するまでの265年間。

② ひとことで言うと……

「町人」たちによる文学が花開いた。上方文学期(元禄文学)と、江戸を中心とする江戸文学期(天明・化政文学)とに二分される。

③ 押さえておきたい作品……

『好色一代男』『奥の細道』『新花摘』『曽根崎心中』『古事記伝』『雨月物語』『南総里見八犬伝』

元禄文学の立役者・井原西鶴
西鶴が生んだ浮世草子という新しい小説

◉4秒に1句、矢数俳句の大記録ホルダー井原西鶴!!

大坂の裕福な商家に生まれた**井原西鶴**（1642－1693）は、談林派の西山宗因に俳諧を学び、俳諧師として名をなした。西鶴は限られた時間内に数多く発句を詠む数を競う「**矢数《やかず》俳諧**」を創始したが、「阿蘭陀《おらんだ》流（＝流行かぶれ）」と揶揄されたりもした。

2歳年下だった松尾芭蕉の俳諧は、芸術性の高いものだったのに対して、西鶴のものは、本音やユーモアに満ち、俗な味わいがあってなかなかの人気だったようだ。

33歳で愛妻を亡くした時に行った1000句の追善興行をきっかけに、その2年後に大坂・生國魂《いくくにたま》神社で一昼夜1600句独吟興行し、矢数俳句の新記録を作った。その後、その記録を抜かれた西鶴は意地になり、再び同じ舞台で4000句独吟を成就して記録を更新すると、さらには42歳の時、摂津住吉の社前で一昼夜に2万3500句を独吟するという大記録を打ち立て、以後「二万翁」と自称した。

一昼夜に2万3500句ということは、計算してみると、1分間に16句、4秒に1句以上を連発したことになる。現実的に可能とは思えない異常な数字で、おそらく「松島や　ああ松島や　松島や」的（ほぼ無内容）な句をたくさん詠んだのだろうし、それを記録するほうも脇目もふらずに書き取っていったか、「――」と記録したのだろう。この時の第1句が残っている。

…… 俳諧の　息の根とめん　大矢数 ……

4秒に1句！

◉「浮世草子」で文学の流れを変えた井原西鶴

西鶴はそうした俳諧師をやるかたわら、自由に書き上げた最初の小説が40歳の時の『**好色一代男**』だった。西鶴の気合いの入りようは、挿絵も自らが描いたことでもわかろうというものだ（のちに出版された江戸版は、菱川師宣《ひしかわもろのぶ》が挿絵を担当している）。西鶴は、亡くなるまでのわずか10年ほどの間に、「好色物」だけでなく、「武家物」「町人物」「雑話物」と多岐に渡る作品を残していく。当時、小説といえば啓蒙的・教訓的な色が強かった「**仮名草子**」が主流だったが、西鶴はそれとは一線を画した、人間性を追求する「**浮世草子**」を創始し、娯楽としての大衆小説に新しいジャンルを確立したのだった。遺稿集の『**西鶴置土産**《おきみやげ》』に次の句がある。

……浮世の月　見過《みすご》しにけり　末二年……

人生わずか50年といわれた時代に、２年余分に生きてしまったという感慨を詠んだものだ。西鶴亡き後、浮世草子はマンネリ化して次第に衰退していく。

俳諧の大成
不易流行の理念を見出した松尾芭蕉の世界

◉松尾芭蕉の唱えた「不易流行」とは⁉

松尾芭蕉（1644－1694）は、伊賀上野の下級武士の家に生まれ、京都で「貞《てい》門《もん》派」の俳人・北村《きたむら》季《き》吟《ぎん》に俳諧を学んだあと、江戸に出てから俳諧の宗匠となり、「蕉風」といわれる独自の俳諧を確立した。

禅の思想にも傾倒して「**さび**」「**しをり**」「**ほそみ**」などで示される幽玄・閑寂の境地をめざし、やがて「**軽み**」を理想として俳諧を芸術の域に高め、のちに俳諧の神様、「俳聖」と呼ばれるようになる。

今でも「わび」「さび」という言葉は使われるが、芭蕉の「さび」をひと言で言うと、静寂で枯淡の境地であり、それがさらに余情をにじみ出す姿を「しをり」と言った。そしてその「さび」や「しをり」をさらに高めて、対象をさらりと表現するのが

「軽み」であるが、その境地が達成されたのは生前刊行された最後の句集『炭俵《すみだわら》』であった。

満50年という若さで亡くなった芭蕉だが、門人に恵まれ、「蕉門十哲」と呼ばれる10人の他に、地方でも門人が多く、「**蕉門派**」として活躍した。

芭蕉の言葉に「**不易流行**《ふえきりゅうこう》」というものがある。「不易」は時が経っても変わらないもの、「流行」は時とともに変わっていくもの。しかし、不易も流行も根本はひとつである。芭蕉がそうした蕉風俳諧を確立した句としてあまりにも有名な句がある。

……古池や　蛙《かはづ》飛びこむ　水の音……

永遠を知るためには、それをかき乱す一瞬がなければならない。蛙の跳躍で「水の音」を聞いた瞬間に、古池は再び元の永遠に戻る。芭蕉は永遠と一瞬を同時に詠《よ》んだ。まさに「不易流行」が具現化された句といえる。

◉敬愛する西行の500回忌に旅立つ芭蕉!!

芭蕉は、何度も旅に出かけてはその中でたくさんの句を詠んだ。『野ざらし紀行』『鹿島《かしま》紀行』『笈《おい》の小文《こぶみ》』『更級《さらしな》紀行』などの紀行文がある。

月日は百代《はくたい》の過客《かかく》にして、行《ゆき》かふ年も又旅人なり。（中略）予もいづれの年よりか、片雲の風にさそはれて、漂泊のおもひやまず……。

の冒頭文で有名な『**奥の細道**』は、敬愛する西行500回忌に当たる1689年（元禄2年）に、弟子の曽良《そら》を伴った46歳の芭蕉が、江戸を出て奥州・北陸の歌枕（名所名跡）を巡り、岐阜の大垣まで旅した紀行文だ。晩年の5年をかけて構想・推敲に力を注いだ芭蕉畢生の作品で、多くの名句が詠まれた。

夏草や　兵《つはもの》どもが　夢の跡　…岩手県平泉町
閑《しづか》さや　岩にしみ入る　蟬の声　…山形県・立石寺《りっしゃくじ》

……………

五月雨《さみだれ》を　あつめて早し　最上川《もがみがは》　…山形県大石田町

荒海や　佐渡によこたふ　天河《あまのがは》　…新潟県出雲崎町《いずもざきまち》

……………

◉都市伝説「松尾芭蕉は忍者」の真偽は⁉

それにしても、芭蕉の生涯は謎が多い。忍者の里・伊賀上野の出身で、厳しい関所を難なく通過しながら全国を行脚した健脚ぶりや（1日50キロもの移動の日もあった！）、これだけ大規模な旅を何度も行う資金がどこから出ていたのかも謎だ。そうした疑問から出てきたのが、「芭蕉は忍者、あるいは間者（スパイ）だった」という説だ。

芭蕉の生きた元禄時代は、生類憐れみの令で有名な五代将軍徳川綱吉の時代であり、まだまだ反乱分子も多く、その芽を摘むために各地に隠密や忍者たちが派遣されていた時代だった。そして、なんといっても芭蕉の生まれた伊賀は、忍者・間者の里でもあった。

ただ、そうした「芭蕉＝忍者説」の真偽は置いておくとして、芭蕉の人生は、旅に生き、旅に死んだといえるものだった。

残されている肖像画などから、芭蕉のイメージは「おじいさん」だが、意外にも亡くなった時はまだ満50歳に過ぎなかった。推敲を重ねた『奥の細道』刊行前に亡くなっている。

……旅に病んで　夢は枯野を　かけめぐる……

これは芭蕉が詠んだ辞世の句だ。芭蕉の亡骸《なきがら》は、遺言に従って尊敬する木曽義仲の墓の隣に葬られた。

近世の芸能は浄瑠璃と歌舞伎！
天才浄瑠璃作家・近松門左衛門

◉「日本のシェイクスピア」といわれた天才・近松門左衛門

近松門左衛門《ちかまつもんざえもん》（1653－1724）は、越前（現在の福井県）藩士の子として生まれたが、父が浪人の身となり一緒に京に移り住んだ。その後、公家に仕えながら古典を学び、浄瑠璃《じょうるり》作家に活路を見出すようになった。

「浄瑠璃」とは、三味線を伴奏とする語り物音楽の一種で、歴史的には、平曲や謡曲に発した語り物と三味線を使って発展した諸派の音楽との総称。牛若丸と浄瑠璃姫との恋を扱った『**浄瑠璃物語**』の語り口が後に一般化して「浄瑠璃」と呼ばれるようになった。17世紀初めには琉球渡来の三味線の伴奏と人形操りとが結びついて、「人形浄瑠璃」が成立した。

近松は、歌舞伎役者・**坂田藤十郎**《さかたとうじゅうろう》のために歌舞伎の脚本を書いた時期もあったが、藤十郎の引退で浄瑠璃の世界へ戻り、竹本義太夫《たけもとぎだゆう》の創設した竹本座の座付作者として浄瑠璃作家の地位をゆるぎないものとした。

近松は、浄瑠璃と歌舞伎にまたがる脚本を数多く手がけた演劇史上まれに見る天才といえる。明治時代、坪内逍遥《つぼうちしょうよう》らに再評価され「日本の沙翁（シェイクスピア）」と称された。

◉日本文学史上屈指の名文は『曽根崎心中』にあり!!

近松の書いた浄瑠璃作品としては、「世話物（主として「心中物」）」24編、「時代物」70余編がある。近松と言えば今では「心中物」という印象が強いが、当時人気があったのは、歴史上の事件に取材した時代物のほうだった。

時代物は、武家社会の中でしがらみの中で武士がどう生きるかを描いた作品で、武士道の精神をテーマとしていたので、江戸時代においては大いにウケた。時代物の傑作『**国性爺合戦**《こくせんやかっせん》』は17カ月の大ロングランを達成している。しかし、近松作品で現在でも高く評価されているのは、「世話物」のほうだ。

世話物は町人社会を題材とし、封建社会の中での義理人情を描いたものだが、そこに描かれた人間模様は今読んでも心打たれるものがある。

この世の名残《なごり》、夜も名残。死にに行く身をたとふれば、あだしが原の道の霜。一足づつに消えて行く。夢の夢こそあはれなれ。あれ数ふれば暁の、七つの時が六つ鳴りて、残る一つが今生の、鐘の響きの聞き納め。寂滅為楽《じゃくめついらく》と響くなり。

このリズミカルな七五調の名文は、**『曽根崎心中』**の中で、二人の若い男女が心中に向かう道行《みちゆき》の冒頭部分だ。**日本文学史上でも屈指の名文**といえる。しかし、心中物の流行に影響を受けて現実に心中事件が多発したため、江戸幕府は1722年（享保8年）に上演を禁止した。

近松の属した竹本座の創始者竹本義太夫の浄瑠璃、つまり「義太夫節」が一度は浄瑠璃界を制覇したが、近松の死後浄瑠璃は廃《すた》れていき、18世紀後半、次々と廃座になっていった。

芭蕉亡きあとの俳諧

蕪村と一茶

◉江戸俳諧中興の祖、与謝蕪村は大器晩成!?

江戸俳諧中興の祖であり、蕉風回帰の中心となった与謝蕪村《よさぶそん》（1716-1783）は大坂に生まれ、父母を亡くしてからは江戸に出て俳諧と絵を学んだ。蕉門に属する師に俳諧を習い、芭蕉を大尊敬していた。蕪村が編集した『芭蕉翁附合集』の序文に、「三日翁の句を唱えざれば、口むらばを生ずべし（＝芭蕉翁の句を三日間唱えないと、口の中にイバラが生えるような気分になる）」というものがあるくらいだ。

その後京に戻った蕪村はしばらく画業に専念し、池大雅《いけのたいが》や円山応挙《まるやまおうきょ》と並ぶ巨匠として活躍し、日本の文人画の大成者となる。池大雅との合作、国宝「**十便十宜図**《じゅうべんじゅうぎず》」は有名だ。

蕪村は55歳の時、亡き俳諧の師から「夜半亭《やはんてい》（二世）」の俳号を継いだ。ずいぶんと回り道したものだが、大器晩成とはこのことだろう。蕪村は、優れた観察力と豊かな色彩感覚を発揮して、「天明調」を確立した。

◉さすが画家！　蕪村の句は絵画的で印象的!!

蕪村は、60歳を過ぎて俳句・俳文集『新花摘』を刊行したが、絵画的で写実的、鮮明な印象を与える句をたくさん収めていた。

蕪村を激賞したのが、明治の正岡子規だ。新聞「日本」誌上で、蕪村の「五月雨や大河を前に　家二軒」と芭蕉の「五月雨を　あつめて早し　最上川」とを比べて、蕪村の方が優ると断言したのだ。当時はなんといっても芭蕉が俳諧の神様みたいな存在だったのだが、子規に言わせると、芭蕉の句は詩情もあるし上手いのはわかるが面白くない、一方、蕪村の方は眼前にはっきりとわかりやすく情景が浮かぶ静かな一枚の絵のような名句であると。

これはちょっと判官びいきみたいなところがある評価だが、埋もれていた蕪村を発掘した功績は大だ。

蕪村は晩年、京都祇園の芸者に夢中になってしまう。しかし、妻子のある身なので、仕方なく彼女と別れることにした。その時、次の句を詠んでいる。

桃尻の　光りけうとき　蛍かな

＝桃尻から放たれる光がうとましく感じられる蛍よ、魅惑的な桃尻を持っていた彼女を思い出してしまうではないか。

蛍が尻を光らせている様子に魅力を感じ、そこに官能的な桃尻を持っていた彼女を重ね、諦めきれない想いを詠んだ。いかにも「絵画的」な蕪村らしい句といえるだろう。

◉芭蕉は１０００句、蕪村は３０００句、一茶は２万２０００句!?

芭蕉の死後１００年ほどたった江戸後期の化政（文化・文政）期に、素朴で人間的な暖かみのある句を詠んできわだった活躍を見せたのが**小林一茶**《こばやしいっさ》（１７６３－１８２７）だ。

一茶は信州の農家に生まれ、３歳で母を失った。江戸に奉公に上がって貧しい暮らしをする中、俳諧の道を志すようになり、諸国を放浪して29歳の時に「一茶」を名乗った。一茶は素直で独特な句を詠んだが、家庭的に恵まれなかったことから、弱者へのいたわりと強者への反抗が句に表れている。

我と来て　遊べや親の　ない雀
やれ打つな　蠅が手をすり　足をする
雀の子　そこのけそこのけ　お馬が通る

一茶の作った句は約２万２０００句と言われている。芭蕉が約１０００句（さすが芸術的「推敲」の鬼)、蕪村は約3000句(「大器晩成」なので仕方ない)なので、いかに一茶の句数が多いかが分かる。ただ、こうした多作ゆえ一茶の句は平易過ぎてあまり芸術性富んだものと見なされず、評価は低いものだった。

しかし明治時代になると、(ここでも)正岡子規が一茶を高く評価し、決して単なる平易な俳句ではなく、その根底には高い芸術精神があるとして、広く世に知らしめた。

◉遺産相続の争いの果ては、3度の結婚と子供たちの死!

一茶には、『父の終焉《しゅうえん》日記』という作品がある。死の迫る父への愛と、継母や異母

弟との確執が書かれているが、実際のところ一茶は父の遺産相続の件で継母と12年間争い、やっとのことで遺産の半分を貰うことに成功した。

その後、52歳の時に20歳以上年下の妻と結婚、三男一女をもうける。やっと訪れた幸福な家庭……のはずが、4人の子供は何れも幼くして亡くなってしまう。その後、最初の妻との死別と二番目の妻との離別を経て、64歳で結婚した3番目の妻との間に一女をもうけたが、産まれたのは一茶の死後のことであった。

そして、一茶が推敲を重ねていた『**おらが春**』は、一茶の死後、25年経って刊行された。次の句は有名なものだが、一茶の人生を知るにつけ、一茶にとって「中位《ちゅうくらい》」のめでたさとは、なんだったのだろうかと問いたくなる。

……

めでたさも　中位なり　おらが春

……

国学の四大人！
儒教も仏教も伝わる前の日本人の心って？

◉「国学の四大人」は荷田春満・賀茂真淵・本居宣長・平田篤胤！

江戸時代のはじめ、学問といえば主に中国から伝わった儒学のことで、漢文を学んで中国の歴史や文章を研究していた。中でも幕府は秩序重視を思想とする朱子学を正学としていた。

それに対して、日本の古典である『古事記』や『万葉集』などの研究によって、日本独自の文化・思想・精神世界、つまり「**古道**」**の思想・精神**を明らかにしようとする**国学**が興《おこ》った。

国学では、儒教や仏教の影響を受ける前にあった古代の精神の方が優れていると考えた。つまり、日本古来の神の道こそが日本文化の根幹で、儒教は枝葉、仏教は花や実にすぎないものと考えたのだ。国学の祖としては、17世紀後半の僧・**契沖**《けいちゅう》（164

0-1701）がいるが、「**国学の四大人《しうし》**」と呼ばれているのはその後に出た、**荷田春《かだのあずま》満《まろ》**・**賀茂真淵《かものまぶち》**・**本居宣長《もとおりのりなが》**・**平田篤胤《ひらたあつたね》**の四人だ。

◉400字詰め原稿用紙の原型は『群書類従』!?

国学の底流である『万葉集』の研究は、水戸学の祖である水戸光圀《みつくに》に支えられた……そう、「水戸黄門《こうもん》」で有名なあのおじいさん（失礼！）だ。光圀の命を受けた、僧であり歌学者の契沖が完成させた注釈・研究書『万葉代匠記』は以後、万葉研究の礎《いしずえ》となった。

次に、契沖に学んだ伏見稲荷《ふしみいなり》の神官・**荷田春満**（1669-1763）は、八代将軍吉宗《よしむね》に復古の学を提唱し、国学を研究する学校の創設を訴えた。その春満の進言から60年後、盲目の学者である塙保己一《はなわほきいち》によって和学講談所が設立された。保己一が編纂した総数665冊、目録1冊の合計666冊からなる『**群書類従《ぐんしょるいじゅう》**』は、歴史学・国学の研究に多大な貢献を果たした。また、『群書類従』の版木は20字20行に統一されており、のちの400字詰め原稿用紙の原型になったと言われている。

春満の弟子にあたる**賀茂真淵**（1697-1769）は、著作である『**万葉考**』などによって古道の究明を目的とする国学を体系化し、一大学派・県居《あがたい》派を築いた。『古今集』以後の「たをやめぶり」に対して、『万葉集』を「ますらをぶり」と評し、『万葉集』こそ和歌の模範だと賛美したのはすでに触れたとおりだ。

◉真淵と宣長の生涯一度の出会い、奇跡の「松坂の一夜」とは？

真淵の弟子・県居派は300人を超える大所帯であったが、中でも第一人者と言われたのが**本居宣長**（1730−1801）だった。

宣長は松坂で医師を開業していたが、書物を通じて真淵を知り、国学の研究に入った。その後文通による指導を受けて真淵の弟子となっていた宣長だが、二人の直接的な出会いは松坂の旅宿で生涯にただ一度だけであり、それは「松坂の一夜」として知られる奇跡の対面だった。

伊勢神宮の旅の途中、伊勢松坂の旅籠《はたご》に宿泊していた真淵を訪れ生涯一度限りの教えを受けた宣長は、真淵から国学の真髄を明らかにするために『古事記』の研究を勧められて『古事記』の研究を決意し、「学者はただ、道を尋ねて明らめしるをこそ、つとめとすべけれ」と、解読不能に陥っていた『古事記』の復元・注釈に、実に35年もの月日を費やした。

宣長の執念の書、全44巻からなる『**古事記伝**』は、『古事記』を一字一句見逃すことなく詳細に調べ上げ、見事に復活させた注釈書だ。また宣長は、文学の本質は『源氏物語』の「もののあはれ」を知ることにある、と説いた。

◉国学はやがて右傾化していった!!

「大和心《やまとごころ》」を深く追求していった国学者・宣長の弟子は500人近くに達した。国学者たちは「古代の日本は優れた国で、人の心も素直で正直であった。しかし儒教や仏教が入ってきてから悪い心が起きた」と考

え、天皇が政治を執《と》っていた時代が最も良かったとも考えた。その流れはやがて思想・宗教色を強めて右傾化していくことになる。

江戸後期の国学者・**平田篤胤**（1776-1843）は様々な学問や宗教を学んだが、最終的には日本を神国と考え、唱えた復古神道（古道学）は宗教色を強め、幕末の尊皇攘夷運動に影響を与えることになった。

読本、洒落本に滑稽本、人情本
子供から大人まで読書に夢中

◉文化は悪の時代にこそ栄えるという逆説？

17世紀後半に上方中心の元禄文化が黄金期を迎えた後、文学の中心は江戸へ移った。田沼意次《たぬまおきつぐ》が自由な気風を推し進めた天明期には、大衆的な笑いを誘う**黄表紙**《きびょうし》や**洒落本**《しゃれぼん》など会話文主体の通俗小説が流行し、諷刺をきかせた**川柳**や**狂歌**《きょうか》（狂体の和歌）がもてはやされた。

江戸中期（18世紀後半）以降刊行された黄表紙は、喜多川歌麿《きたがわうたまろ》や葛飾北斎《かつしかほくさい》など多くの浮世絵師が挿絵を担当し、廉価で発行部数も多く爆発的に流通した。有名なものとしては恋川春町《こいかわはるまち》の『**金々先生栄花夢**《きんきんせんせいえいがのゆめ》』（1775年）がある。黄表紙は筋書き自体幼稚な話であるが、ふきだしのようなものが描かれるなど遊びに富み、現代の漫画に通じる表現技法を持っていた。

洒落本の作者には、『**通言総籬**《つうげんそうまがき》』（1787年）で遊里・吉原をありのままに描き、黄表紙でも傑作『**江戸生艶気樺焼**《えどうまれうわきのかばやき》』（1785年）を残した**山東京伝**《さんとうきょうでん》がいるが、老中の松平定信《まつだいらさだのぶ》による寛政の改革で弾圧を受けた。罪の程度としては、風俗を乱したかどで手鎖50日の刑を受けた程度だが、京伝はショックを受け、創作意欲を削《そ》がれ、以後自己規制するようになった。

……白河の　清きに魚も　住みかねて　もとのにごりの　田沼恋しき……

この有名な狂歌は、表面的には、「白河の水は清らかすぎて魚の餌もいないので住みにくい、もともと住んでいた濁った田や沼のほうが餌もいて魚にとっては住みよく恋しい」と言いつつ、実際は「松平定信の政治は清廉潔白で厳しすぎて庶民は住みにくい、もとの田沼意次時代のほうが、賄賂《わいろ》政治ではあっても庶民も豊かだったから懐かしい」ということを訴えていて、質素倹約を掲げる寛政の改革を批判したものだ。

◉怪異小説の大傑作『雨月物語』!!

文化・文政期に全盛となった「**読本**《よみほん》」は、低俗な娯楽小説である滑稽本と比べて文学性の高いものと認識されて高価で発行部数も少なかった。

上方中心の**前期読本**には、中国の白話《はくわ》小説を基に怪奇小説集『**雨月物語**《うげつものがたり》』を手がけた**上田秋成**《うえだあきなり》（1734－1809）がいる。「**白話小説**《はくわしょうせつ》」とは、明・清朝時代の中国において話し言葉に近い口語体で書かれた文学作品のことだ。秋成はそれを原典としながら、8年もの推敲を重ねて傑作古典に仕上げている。

『雨月物語』は9篇の怪異小説によって構成されている。主人公たちは激しい執念を抱くがゆえに、鬼・妖怪・悪霊・魔王などに変わり果てることから怪異幻想小説といわれることが多い。しかしそこに描き出されているのは、おどろおどろしさだけではなく、哀れな人間の真実の姿であり、それを優美かつ幽玄な格調高い文体で描いている。

中でも名作と言われる「白峯《しらみね》」はこんな感じだ。

日は没しほどに、山深き夜のさま常《ただ》ならね、石の床木葉の衾《ふすま》いと寒く、神清骨《しんすみほね》冷えて（＝精神清く骨まで冷えて）、物とはなしに凄しきここちせらる。

『雨月物語』は、近代の泉鏡花に先立つ幻想文学の元祖といわれ、後世になって高く評価された。石川淳《いしかわじゅん》による『新釈　雨月物語』は名訳だ。

◉滝沢馬琴の執念、28年のライフワークは口述筆記!?

19世紀前後から、読本の流行は上方から江戸へと移った。**後期読本**には幕府の弾圧を受ける中、儒教道徳である因果応報・勧善懲悪を盛り込んだ波瀾万丈の超大作『**南総里見八犬伝**』で評判を集めて読本の全盛期を築いた**曲亭**《きょくてい》（**滝沢**《たきざわ》）**馬琴**《ばきん》がいる。

馬琴は後期読本の基礎を築いた山東京伝の知遇を得て30歳頃から創作活動に入った。1807年（文化4年）に、最強コンビ・葛飾北斎による挿絵が入った『**椿説弓**《ちんせつゆみ》**張月**《はりづき》』を刊行しヒットさせた馬琴は、その後代表作となる『**南総里見八犬伝**』を刊行し始める。この作品は完成するまでに28年もの歳月を費やした馬琴のライフワークとなった。

しかも執筆途中に失明（右目に次いで左目も失明）するという困難に遭遇したが、馬琴は息子の妻・お路の口述筆記により全96巻（上下巻合わせて106冊）を完成させることができた。

◉日本初、印税だけで生活できた作家は滝沢馬琴？

馬琴の書いた『南総里見八犬伝』の人気はすさまじく、幕末から明治にかけて多くの読者を獲得した。

今と違って江戸時代は、黙読より音読が読書の方法として主流だった。『南総里見八犬伝』は、ストーリー自体の面白さはもちろんだが、文章のテンポやリズムが音読に適していて、人々を興奮させるのに抜群だった。以下は漢文で書かれた冒頭部部分を書き下したものだが、リズムの良さが伝わる文章だ。

初め里見氏の安房《あわ》に興るや、徳誼《とくぎ》以て衆を率《ひき》ゐ、英略以て堅を摧《くだ》く。二總《にそう》を平呑《へいどん》して、之れを十世に伝へ、八州を威服して、良《はじ》めて百將の冠たり。是の時に當りて、勇臣八人有り。各犬を以て姓となす。

内容は、中国の『水滸伝《すいこでん》』をヒントに、日本の室町時代を舞台に、奸臣・悪漢・毒婦が続々登場し、八つの徳の玉（仁・義・礼・智・忠・信・孝・悌《てい》）を持つ八犬士が、豪族・里見家の再興を成し遂げる「勧善懲悪・因果応報」のスペクタクル巨編だ。大人気作家であった馬琴は、原稿料のみで生計を営むことのできた日本で最初の作家であるといわれている。

　しかし明治に入ると、写実主義を唱える坪内逍遥が『小説神髄《しんずい》』において、「彼の曲亭の傑作なりける『八犬伝』の中の八士の如きは、仁義八行の化物にて決して人間とはいひ難かり」と、八犬士たちの奇想天外な設定を批判したため、『南総里見八犬

伝』の評価は地に落ちてしまう。その後、馬琴の評価が復権するには100年近くの年月が必要だった。

◉滑稽本と人情本は江戸時代最後のあだ花か？

19世紀前半の文化・文政期は空前の好景気で、町人文化は爛熟《らんじゅく》期を迎えた。洒落本からは**滑稽本**と**人情本**《にんじょうぼん》とが派生した。

庶民の日常やおもしろい話を描いた滑稽本には、弥次《やじ》・喜多《きた》コンビで知られる『**東**《とう》**海道中膝栗毛**《かいどうちゅうひざくりげ》』の**十返舎一九**《じっぺんしゃいっく》がある。『東海道中膝栗毛』の「栗毛」は栗色の馬のことで、自分の「膝」を馬の代わりにして歩いたから「膝栗毛」という。内容は、弥次郎兵衛と喜多八が伊勢詣でを思い立ち、東海道をたどって江戸から伊勢、その後京都、大坂へとめぐり、その間二人が狂歌や洒落や冗談をかわし合い、行く先々で失敗や騒動を起こす悪ふざけの無責任道中記。

他の滑稽本としては、**式亭三馬**《しきていさんば》による『**浮世風呂**《うきよぶろ》』『**浮世床**《どこ》』がある。江戸庶民の社交場である浴場や髪結床を舞台に当時の庶民の生活をリアルに描いたもので、太平の世を笑いとともに生き生きと描いて滑稽本の最盛期を迎えた。

◉好色な十一代将軍家斉を諷刺した人情本は厳罰に処す！

庶民の色恋沙汰を描いた人情本では、『春色梅児誉美《しゅんしょくうめごよみ》』の為永春水《ためながしゅんすい》、黄表紙から流れた合巻《ごうかん》では、江戸版『源氏物語』を描いて大人気を誇った『偐紫《にせむらさき》田舎源氏《いなかげんじ》』の柳亭種彦《りゅうていたねひこ》が活躍したが、水野忠邦《みずのただくに》による天保の改革で人情本は出版禁止となり、両者とも厳しく処罰された。

綱紀粛正のもと、種彦は侍の身で愛欲の書を記したことから処分を受けたが、本当の理由は種彦の作品が、好色な十一代将軍家斉《いえなり》の奔放な性生活を諷刺したからではないかと噂された。事実家斉は、特定されるだけで16人の妻妾《さいしょう》を持ち、男子26人、女子27人をもうけた（成人できたのは半分程度であったが）。

家斉時代、地方では幕府に対する不満が上がるようになり、大坂で大塩平八郎《おおしおへいはちろう》の乱が起こったのをはじめとして各地で反乱が相次ぎ、次第に幕藩体制に崩壊の兆しが見えるようになる。

第5章 CHAPTER 5

近代
KINDAI

近代の文学まとめ

① いつの時代？……

明治時代以降、第二次世界大戦まで。

② ひとことで言うと……

今でいうところの「文学」という概念が生まれた時代。小説・俳句・短歌などが西洋の影響下改革され、新しく詩・戯曲なども生み出された。

③ 押さえておきたい作家……

樋口一葉・島崎藤村・森鷗外・夏目漱石・永井荷風・谷崎潤一郎・志賀直哉・芥川龍之介・川端康成・井伏鱒二・正岡子規・萩原朔太郎・宮沢賢治・中原中也・高村光太郎・与謝野晶子・石川啄木

近代文学の黎明期
言文一致運動と文壇の形成

◉大ベストセラー『学問のすゝめ』で近代の夜明け!!

明治時代初期の文学は、江戸時代後期から続く、風俗や世相を皮相的に取り上げ滑稽に描く戯作《げさく》文学が中心だった。また自由民権運動の広がりの中で、文学を政治の手段とする政治小説が流行した。思想としては、慶應義塾の創設者であり、一万円紙幣の肖像に採用されている**福沢諭吉**《ふくざわゆきち》（1835-1901）が、**『学問のすゝめ』**を著した。

天は人の上に人を造らず、人の下に人を造らずと云へり。（中略）されども今広く此《この》人間世界を見渡すに、かしこき人あり、おろかなる人あり、貧しきもあり、富めるもあり、貴人もあり、下人《げにん》もありて、其有様雲と坭《どろ》との相違あるに似たるは何ぞや。

これは『学問のすゝめ』の有名な冒頭文だが、ここで諭吉は「世の中貴賤上下の別はないけれど、ただ学問を勤めて物事をよく知る者は貴人となり富人となり、無学なる者は貧人となり下人となるのだ」と述べた。

そしてただ単に学問（勉強）を勧めただけではなく、それまで封建社会に生き、儒教思想を当然として生きてきた国民に、自由や権利、義務などの欧米の近代的政治思想、法治主義や民主主義の理念などを平易な文体と内容で説明した。

『学問のすゝめ』は、全部で17冊からなる小冊子で、4年以上の歳月をかけて刊行された。明治13年に合本の形で発売されるが、

その中に「学問のすゝめは一より十七に至るまで十七編の小冊子、何れも紙数十枚ばかりのものなればその発売頗る多く、毎編凡そ二十万とするも十七編合して三四〇万冊は国中に流布したる筈なり」という記述がある。合本の定価は75銭。当時巡査の初任給は4円という記録があるところから考えると、今の感覚で3万円は超えていたという高価な本だが、新時代の夜明けを告げる啓蒙書として大ベストセラーとなった。

◉写実主義の失敗作『当世書生気質』⁉

明治も10年代後半になると、文学自体の自立を謳う意識が芽生え、それは新たな文学への改良運動へと繋がっていく。

坪内逍遙《つぼうちしょうよう》（1859-1935）は、日本近代小説のあり方を説いた初の理論書『**小説神髄**《しんずい》』で、娯楽としての勧善懲悪的な文学観を否定し、文学の目的を人間の内面の追求に置いた。時に西暦1885年、明治18年のことだった。

そしてその手法として現実をありのままに写す写実主義を提唱し、その実践編として『**当世書生気質**《とうせいしょせいかたぎ》』を発表した。この小説は、当時珍しかったエリート学生である「書生」の生態を描いたものだが、まだまだ戯作調が残っていて、逍遙が狙った「内面の追求」とまではいかなかった。

その後、逍遙は小説の筆を折り劇作家として活躍する一方、島村抱月《しまむらほうげつ》らと新劇運動を展開して演劇の近代化に尽力した。また逍遙がライフワークとした**シェイクスピア全集の翻訳**は、まだこなれた口語体にはなっていないが、日本文化の次元において画期的な出来事だったと言える。『ロミオとジュリエット』と『ハムレット』の有名な台詞の逍遥訳を挙げてみよう。

「おゝ、ロミオ、ロミオ！ 何故卿《おまへ》はロミオぢゃ！」
「世に在る、世に在らぬ、それが疑問ぢゃ」

◉近代小説の嚆矢は二葉亭四迷の『浮雲』

では近代小説の真の嚆矢《こうし》となった作品は何かというと、それは**二葉亭四迷**《ふたばていしめい》（1864-1909）の『**浮雲**《うきぐも》』といえる。ロシア文学の理論に影響を受けた四迷は、逍遥の『小説神髄』『当世書生気質』に抱いた疑問に答える形で理論書『**小説総論**』を書いた。

そして、その実践という形で『浮雲』は生まれた。

この小説は写実主義を追求しただけではなく、初めて**言文一致体**《げんぶん》が試みられた。「言文一致体」とは文語（平安時代以来の書き言葉）ではなく、話し言葉（口語）に一致させた文体で、日本語で小説を書くことにおいて一大革命ともいえるものであった。

・**二葉亭四迷……「だ」調**

「アア、貴嬢は清浄なものだ潔白なものだ……親より大切なものは真理……アア潔白なものだ……。」（『浮雲』）

・**山田美妙**《やまだびみょう》**……「です」調**

明治21年に発表した『夏木立』で言文一致体「です」調を発表した。

「左様でございます。えゝ、あの何でございましやう。」（『夏木立』）

・**尾崎紅葉**《おざきこうよう》**……「である」調**

紅葉は当初、言文一致に対してやや否定的で井原西鶴を範とした「雅俗折衷体」《がぞくせっちゅう》という一種の擬古文で作品を書いていたが、やがて『多情多恨』《たじょうたこん》（明治29年）で「である」調を完成させた。

「知らせぬのではない。知らせることが出来ぬのである。知られては一大事なのである。」（『多情多恨』）

◉「くたばってしめえ」と自ら罵った四迷は、本当にベンガル湾上でくたばった⁉

『浮雲』において、前近代的な戯作の文体から言文一致体への変化という創造上の苦しみと、主人公の内面を「写実」するという閉塞的な状況に苦しんだ四迷は、途中で創作を放棄し、『浮雲』を未完に終わらせてしまう。

しばらく四迷は政治活動に専念するが、『浮雲』から20年ほど経った明治40年前後に『其面影《そのおもかげ》』『平凡』で文学復帰を果たす。その後、新聞社の特派員としてロシアへ赴任するが、そこで体調を崩し、ロシア赴任からの帰国途中、ベンガル湾上で肺炎が悪化して客死した。

「二葉亭四迷」の筆名の由来は、お金欲しさに坪内逍遥の名を借りて出版した処女作『浮雲』に対し自ら卑下して、自身を「**くたばってしめえ**」と罵《ののし》ったことによるという（「予《よ》が半生の懺悔《ざんげ》」）が、満45歳という若さで本当にくたばってしまったのは、あまりに惜しい最期であった。

◉『金色夜叉』の名台詞「来年の今月今夜のこの月を……」は本当はもっと長かった⁉

帝国大学在学中に読売新聞社に入社した**尾崎紅葉**（1867−1903）は、代表作である『**金色夜叉**《こんじきやしゃ》』を1897年（明治30年）から新聞紙上に6年に渡って連載し、大人気を博するが、彼の死によって未完に終わった。あらすじは以下のようなものだ。「将来を約束されたエリート学生である間貫一《はざまかんいち》には、お宮という婚約者がいた。しかし、彼女は資産家である富山のお金に目が眩んで結婚してしまう。裏切られた貫一は、自暴自棄になり高利貸しになることでルサンチマン（恨み）を晴らそうとする。目先の利益ゆえに愛を失ったお宮も後悔し、死を覚悟するまでに苦悩した」。

ここで有名な熱海の海岸の場面を見てみよう。お宮を貫一が蹴り飛ばす際の有名な台詞、「来年の今月今夜のこの月を僕の涙で曇らせてみせる」は、原著では次のように長いものだ。

……一月の十七日、宮《みい》さん、善《よ》く覚えてお置《お》き。来年の今月今夜は、貫一は何処《どこ》で此《この》……

月を見るのだか！　再来年《さらいねん》の今月今夜……十年後《のち》の今月今夜……一生《いつしやう》を通《とほ》して僕は今月今夜を忘れん、忘れるものか、死でも僕は忘れんよ！　可《い》いか、宮さん、一月の十七日だ。来年の今月今夜になつたらば、僕の涙《なみだ》で必《かなら》ず月は曇《くも》らして見せるから、月が……月が……月が……曇つたらば、宮さん、貫一は何処《どこ》かでお前《まへ》を恨《うら》んで、今夜のやうに泣いて居ると思つてくれ。

「金と色の鬼」（「金」が金銭、「色」が性愛的なるもの）という意味の題名のように、『金色夜叉』は「金」と「愛」とに引き裂かれた男女の物語だが、明治の小説で最も大衆

に愛されたとされる作品となったのは、当時の社会的な矛盾が強く反映されていたからといえる。

◉尾崎紅葉と並び称された幸田露伴の傑作、『風流仏』!!

紅葉が中心となり創立された「硯友《けんゆう》社」は、文学青年たちの小さな集まりだったが、そこから自然発生的に「**文壇**」というシステムが形作られていった。それは徒弟制度の下、公私の境なく文学を中心として生きる作家や編集者、評論家らの濃密なコミュニティーだった。こうした「文壇」がほぼ消滅したのは、昭和の高度経済成長期以後と言われている。

「**紅露**」と呼ばれ、紅葉と並び称された**幸田露伴**《こうだろはん》（1867―1947）は、東京府第一中学（現・都立日比谷高校）時代に紅葉と同級生だった。しかし、当時の文壇の主流であった硯友社には所属せず、理想主義的な立場から、工芸に打ち込む職人気質な主人公を男性的な筆致で描いた『風流仏《ふうりゅうぶつ》』を発表した。

1891年（明治24年）、代表作となる『**五重塔**《ごじゅうのとう》』を発表した露伴は、作家として不動の地位を確立した。この作品で露伴は、漢語や仏教語を駆使した格調高い文語文

体を用い、職人が一世一代の大仕事を成し遂げる姿を通して、男性の理想像といったものを追求した。『五重塔』の冒頭文はこんな感じだ。

……………

木理《もくめ》美しき槻胴《けやきどう》、縁《ふち》にはわざと赤樫《あかがし》を用ひたる岩畳作《がんでふづく》りの長火鉢《ながひばち》に對《むか》ひて話《はな》し敵《がたき》もなく唯一人《ひとり》、少しは淋《さび》しさうに坐《すわ》り居る三十前後の女、…。

……………

満35歳という若さで亡くなった紅葉に対して、露伴は満80歳まで長生きして作家活動を続けた。露伴の次女・**幸田文**《あや》は、露伴の没後に発表した父に関する名随筆で注目を集め、その後『流れる』などの小説も書き、作家となった。文の一人娘・青木玉《あおきたま》も随筆家、またその子の青木奈緒《なお》はドイツ文学畑のエッセイストである。露伴の血は脈々と受け継がれていった。

◉紅葉宅に住み込んで作家になった泉鏡花!?

泉鏡花《いずみきょうか》（1873－1939）は硯友社のリーダー尾崎紅葉に師事し、書生として住み込みで文学修業をする。そして代表作となった幻想小説『**高野聖**《こうやひじり》』に取り組んだ。

『高野聖』では、旅の途上で同宿することになった高野山の高僧が、かつて経験した怪異譚《かいいたん》を主人公が聞くことになる。その怪異譚とは、僧が若かった時分、迷い込んだ山中である婦人と出会い惚れるが、その婦人は自分と交わった男を獣《けもの》に変えていたというものだ。その婦人の描写があまりに艶《なま》めかしい。

婦人《おんな》は何時かもう米を精《しら》げ果てて、衣紋《えもん》の乱れた、乳《ち》の端《はし》もほの見ゆる、膨《ふく》らかな胸を反《そら》して立つた、鼻高く口を結んで目を恍惚《うっとり》と上を向いて頂を仰いだが、月はなほ半腹の其の累々《るいるい》たる巌《いはほ》を照すばかり。

（中略）手をあげて黒髪をおさへながら腋《わき》の下を手拭でぐいと拭《ふ》き、あとを両手で絞りながら立つた姿、唯これ雪のやうなのを係《かか》る霊水で清めた、恁《か》う云《い》ふ女の汗は薄紅《うすくれない》になつて流れよう。

◉紅葉の死後に、復讐を果たすために書いた名作『婦系図』

『高野聖』の後、鏡花は心身の健康を害し、作家としても忘れ去られてしまう。だが、『婦系図《おんなけいず》』でカムバックを果たす。この大作には鏡花自身の体験が反映されていた。

というのも彼は20代の終わり頃、神楽坂の芸妓《げいぎ》に惚れ、同棲をしていた。それを師の紅葉にとがめられ、別れることになった経緯があった。しかし、実のところは紅葉に隠れて交際を続け、紅葉の没後二人は生涯を添い遂げる夫婦となった。

いかに敬愛する師匠といえども鏡花としては許せなかったらしく、紅葉の死後にそれを書くことで復讐を果たしたというわけだった。

お化けそのものがテーマともいえる『**草迷宮**《くさめいきゅう》』ではお化けがユーモラスな存在として描かれている。

ああ、厭なものを見た。おらが鼻の尖《さき》を、ひいらひいら、あの生白《なかちら》けた芋の葉の長面《ながづら》が、ニタニタ笑えながら横に飛んだ。精霊棚の瓢箪《ひょうたん》が、ひとりでにぽたりと落ちても、御先祖の戒《いましめ》とは思わねえで、酒も留《や》めねえ己だけんど、それにゃ蔓《つる》が枯れたちゅう道理がある。風もねえに芋の葉が宙を歩《ある》行くわけはねえ。

その後も『歌行燈《うたあんどん》』や戯曲『天守物語』などの傑作を残し、65歳で亡くなった泉鏡花のお墓は、漱石や荷風など名立たる文豪の眠る雑司《ぞうし》ヶ谷《や》霊園にある。

浪漫主義と明星派の活躍
20代で散った透谷・一葉・啄木

◉浪漫主義の先駆者北村透谷は処女作を回収した⁉

明治20年代、写実主義や紅露と並走した文学思潮に**浪漫主義**《ろうまん》がある。それは西欧のロマン主義に影響を受け、人間個人の感性や想像力の尊重、自然との合一、無限的なものの追求を目指した。

浪漫主義の母体となった同人誌『**文学界**』は、1893年（明治26年）に創刊された。オリジナルメンバーで、第一期の中心にいたのが**北村透谷**《きたむらとうこく》（1868-1894）だ。

明治元年に生まれた透谷は、東京専門学校（現在の早稲田大学）政治科に入学し、自由民権運動に参加したが、のちに文学の道へと進む。その後、キリスト教の洗礼を受け、大恋愛の末、政治家の娘と結婚した。

1889年（明治22年）、日本初となる自由律による長編叙事詩『**楚囚之詩**《そしゅうのし》』を自

費出版し、自由民権運動で獄中の人となった主人公の自由への叫びを表現して浪漫主義の先鞭《せんべん》をつけたものの、出版直後に後悔し自ら回収した。

曽《か》つて誤つて法を破り
政治の罪人《つみびと》として捕はれたり、
余と生死を誓ひし壮士等の
数多《あまた》あるうちに余は其首領なり、
中に、余が最愛の
まだ蕾《つぼみ》の花なる少女も、
国の為とて諸共《もろとも》に
この花婿も花嫁も。

◉浪漫主義のトップランナー透谷、25歳にして死す!!

透谷は「恋愛は人世の秘鑰《ひやく》なり」と一種の恋愛至上主義を説《と》き、多くの作家に衝撃を与えた。星野天知《てんち》らと創刊した『文学界』の誌上で山路愛山《やまじあいざん》と論争し、そこで発表した『人生に相渉《あいわた》るとは何の謂《いい》ぞ』で浪漫主義の主導者となる。透谷は、文学は「人間の霊魂を建築せんとする」ものとし、肉体よりも精神性への影響に価値を置いた。

そして代表作となる『**内部生命論**』を執筆、「インスピレーションとは宇宙の精神即ち神なるものよりして、人間の精神即ち内部の生命なるものに対する一種の感応」であるとし「この感応は人間の内部の生命を再造する者なり」と、精神性における生命の実存を主張した。

しかし、その急進的で破れかぶれともいえる過激な言動と理想主義的発想は、同時に自分にも向かう諸刃《もろは》の剣でもあった。透谷は25歳の若さで首吊り自殺を遂げてしまった。

◉近代文学史上の華、樋口一葉の奇跡の14ヵ月とは⁉

浪漫主義の母体となった『文学界』の第二期を彩ったのは**樋口一葉**《ひぐちいちよう》（1872-1896）だった。小説家を志した一葉は、文学の師との恋愛がスキャンダルになり、世間からも文壇からも見放され、作品も売れず貧乏のどん底を経験する。

満22歳になった一葉は、借金も重ねながら執念の執筆を開始した。貧困から盗みをはたらくことになる主人公の大晦日《おおみそか》の顛末《てんまつ》である『**大つごもり**』を皮切りに、まさに命を燃焼させるような「**奇跡の14ヵ月**」（1894年12月－1896年1月）が始まった。代表作『**にごりえ**』では、その頃現れた新しい風俗であった銘酒屋《めいしゅや》（私娼窟《ししょうくつ》）の酌《しゃく》婦《ふ》と客の生態を写実的に描いた。ヒロインが好いている客に我が身の境遇を告白している場面の描写はこんな風だ。

顔をあげし時は頬に涙の痕《あと》はみゆれども淋しげの笑みをさへ寄せて、私はその様な貧乏人の娘、気違ひは親ゆづりで折ふし起るのでござります、今夜もこんな分らぬ事いひ出してさぞ貴君御迷惑で御座んしてよ、もう話しはやめまする、御機嫌に障《さは》つたらばゆるして下され、誰か呼んで陽気にしませうかと問へば、

◆樋口一葉

貧乏な自身の姿を重ねながら、彼女たちが背負った悲しみを代弁したと言えるこの作品の文体は、この時期の紅葉と同様、「雅俗折衷体《がぞくせっちゅう》」だが、豊かな抒情性に満ちた名作だ。

◉一葉がもっと長く生きていたら……惜しまれつつ24歳で夭折!!

一葉のもう一つの代表作『**たけくらべ**』は、吉原付近を舞台に、ゆくゆくは遊女にされる少女と寺の跡取息子との淡い恋心を表現した。

待つ身につらき夜半《よは》の置炬燵《おきごたつ》、それは戀《こひ》ぞかし、吹かぜ涼しき夏の夕ぐれ、ひるの暑さを風呂に流して、身じまいの姿見、母親が手づからそゝけ髪つくろひて、我子ながら美くしきを立ちて見、居て見、首筋が薄かつたと猶《なほ》ぞ言ひける…。

この作品に対して、鷗外が雑誌「めさまし草」に「此の人にまことの詩人といふ称をおくることを惜しまざるなり」と書いて激賞している。

その後、傑作が立て続けに書かれたが、「奇跡の14ヵ月」は終わりを告げる。この時の一葉は、当時治療法がなかった肺結核が進行しており、まだうら若き24歳6ヵ月で、はかない命を閉じたのだ。

一葉が長く生きたからといって傑作が書かれ続けていたとは限らないが、歴史に「もしも」を感じさせる作家であったことは間違いない。

◉日本における浪漫主義文学の代表的な詩集『若菜集』!!

『文学界』の創刊メンバーである**島崎藤村**《しまざきとうそん》（1872−1943）のスタートは、25歳の時に発表した浪漫的叙情詩集**『若菜集』**《わかなしゅう》だった。そこでは、恋愛、青春、別離、旅情、自然などの多様な主題が、七五定型の調べに乗せられた美しい大和言葉《やまと》で詠まれた。かつて、多くの文学少年少女たちに愛唱された「初恋」の冒頭部分を挙げておく。

まだあげ初《そ》めし前髪の
林檎《りんご》のもとに見えしとき
前にさしたる花櫛《はなぐし》の
花ある君と思ひけり

なお今は知る人が少ないが、「藤晩時代」として並称され、藤村とは反対に男性的・叙事的な作風で知られたのが**土井晩翠**《どいばんすい》（1871-1952）だ。「荒城の月」は、滝廉太郎《たきれんたろう》作曲の唱歌として有名だ。

……………………

春高楼《こうろう》の花の宴《えん》
めぐる盃《さかづき》影さして
千代の松が枝《え》わけ出《い》でし
むかしの光いまいづこ

……………………

◉近代日本初の略奪婚は与謝野晶子によるもの⁉

晩翠と同様に漢詩風の作品を書いていた**与謝野鉄幹**《よさのてっかん》（1873-1935）は、短歌も詠《よ》み、**「ますらをぶり」**と呼ばれる質実剛健な作風の歌集を発表した。鉄幹について、正岡子規が『墨汁一滴』の中で次のように対抗心を燃やしている。

……「吾以為《おも》へらく両者の短歌全く標準を異にす、鉄幹是《ぜ》ならば子規非なり、子規是……

ならば鉄幹非なり、鉄幹と子規とは並称すべき者にあらず」

鉄幹は「新詩社《しんししゃ》」を結成、1900年（明治33年）、詩歌雑誌『**明星**《みょうじょう》』を創刊した。

この雑誌に短歌を投稿していたのが、「鳳《ほう》志よう」、のちの**与謝野晶子**《よさのあきこ》（1878－1942）だ。まだ二人が出会う前、鉄幹が作詞した「人を恋ふる歌」は、晶子の存在を予言しているかのようだ。

妻をめとらば　才たけて
みめ美《うる》わしく　情けある
友を選ばば　書を読みて
六分《りくぶ》の侠気　四分《しぶ》の熱

この歌のように、晶子は鉄幹にとって「才たけて　みめ美わしく　情けある」理想の女性だったのだろう。晶子のほうも鉄幹と出会ってすぐに激しい恋に落ち、妻帯していた鉄幹を追って翌年上京し、略奪婚してしまう。そして鉄幹の存在によって創作上の生命力をも燃え上がらせた晶子は、第一歌集『**みだれ髪**』を発表した。

……やは肌の　あつき血汐《ちしお》に　ふれも見で　さびしからずや　道を説く君……

不倫、略奪と反道徳を犯した晶子が、堂々とこうした歌を発表したのに対して、当然のように保守的な文壇からは激しい非難の声が上がった。しかし、晶子は一人の女性として自分の自由な心を情熱的に詠み続け、浪漫派歌人のトップランナーとなるのはもちろん、近代における新しい女性像をも体現してみせた。

◉椎名林檎よりすごい破壊力を持っていた晶子の歌と思想!?

おそらく晶子の歌の当時における破壊力は、現代における歌うたいの女王、椎名林《しいなりん》檎《ご》の比ではなかったはずだ。

詩歌集『恋衣《こいごろも》』の中の反戦詩、「君死にたまふこと勿《なか》れ」で日露戦争出征中の弟の無事を願う。これは軍国主義の真っ只中にあって皇室への不敬にあたると誤解されかねない過激なもので、大論争を巻き起こした。「旅順口包圍軍《りょじゅんこうほういぐん》の中に在《あ》る弟を歎《なげ》きて」という添え書きのある詩の冒頭部分を紹介する。

あゝをとうとよ、君を泣く、
君死にたまふことなかれ、
末に生れし君なれば
親のなさけはまさりしも、
親は刃《やいば》をにぎらせて
人を殺せとをしへしや、
人を殺して死ねよとて
二十四までをそだてしや。

やがて、『明星』は廃刊となり、『源氏物語』の現代語訳をするなどしていた30代半ばの晶子は、海外経験などを経て、女性の教育の必要性や経済的自立を説くようになる。63

◆与謝野晶子

年の波瀾万丈の生涯の後半で、与謝野晶子は思想家、教育者としても近代日本に大きな足跡を残すことになった。

◉奇跡の3日間で、のちに広く知れ渡る短歌を湯水のように作った石川啄木!!

石川啄木《いしかわたくぼく》（1886－1912）は岩手県に生まれ、幼少期には神童クラスの優秀さであったが、途中から不良化し、中学を退学した。若き啄木は己の才能を恃《たの》み、文学で身を立てるために上京したが、わずか4ヵ月で挫折し帰郷した。しかし、『明星』に掲載された詩が注目され、第一詩集の『**あこがれ**』を発表して、明星派の詩人として認められるようになった。

そんな中、19歳で結婚した啄木の生活は困窮し、住居も職も転々とする。しかし、どうしても文学への志を断ち切れなかった啄木は、単身上京して作品を書くが、まったく売れなかった。

22歳になった啄木は、明治41年の6月23日から25日にかけてのわずか3日間で、のちに広く知れ渡る三行書きの短歌を吐き出すように一気に作り、翌月の『明星』に2

46首もの歌を発表した。

東海の小島の磯の白砂に
われ泣きぬれて
蟹とたはむる

たはむれに母を背負ひてそのあまり
軽きに泣きて
三歩あゆまず

◉不貞を赤裸々に書いた『ローマ字日記』と借金王、啄木⁉

時代は、ちょうど明治から大正に変わろうとしていた。啄木が第一歌集の『一握《いちあく》の砂《すな》』を刊行した翌年の1911年（明治44年）、明治天皇暗殺計画の疑いで幸徳秋水《こうとくしゅうすい》らが処刑されるという「大逆《たいぎゃく》事件」が起きた。石川啄木は衝撃を受けて社会主義に傾倒し、評論『時代閉塞《へいそく》の現状』を発表して時代状況や当時の社会を批判した。

そんな中、啄木の体を病魔が襲う。結局第二歌集『**悲しき玩具**《がんぐ》』の発刊を前に、肺結核のため死去。享年26歳の若さだった。

啄木は、妻に読まれないようにとの配慮からか、ある時期から日記をローマ字で記していた。この『**ローマ字日記**』が公刊されたのは、啄木死後70年近くを経てからのことだったが、友人と浅草・吉原に通う様子など、確かに妻には読ませられないような内容を含んでいた。

「なぜこの日記をローマ字で書くことにしたか？　なぜだ？　予は妻を愛してる。愛してるからこそこの日記を読ませたくないのだ（原文はローマ字）」と書いた啄木は、次のようなポルノまがいの描写まで綴っている。

「余は女の股に手を入れて、手荒くその陰部をかきまわした。しまいには五本の指を入れてできるだけ強く押した。」（明治四十二年四月十日　原文はローマ字）

◆石川啄木

啄木は一家を背負う家長の身でありながら、友人たちの世話になり、芸者にいれあげた。最後に残されたのは、多額の借金だった。

◉実家が倒産、そんな中名作を次々と発表した白秋!!

啄木とほぼ同時期に鉄幹の新詩社に参加し、『明星』で詩を発表して注目されたのが、**北原白秋《きたはらはくしゅう》**（1885-1942）だった。福岡県柳川《やながわ》市で江戸時代以来の商家に生まれた白秋は文学に熱中して中学を中退し、文学で身を立てるために上京したのだった。

白秋は、雑誌『明星』のあとを受けて創刊された反自然主義の雑誌『スバル』を主な活躍の場とした。外来語や斬新なことばを多用した異国情緒溢れる第一詩集『**邪《じゃ》宗門《しゅうもん》**』、そして第二詩集の『**思ひ出**』においては、「私の郷里柳河は水郷である。さうして静かな廢市の一つである」と述べた後、故郷の柳川と実家への想いを抒情的に歌い上げ、一躍文名は高まった。

◉人妻と恋に落ちて姦通罪!!　白秋どうする!?

しかし好事魔多《こうじま》しで、柳川の生家は火事が元で破産し、白秋自身も人妻との不倫で姦通罪《かんつうざい》に問われるなど、私生活でのトラブルが続いた白秋は次第に困窮していった。

そんな中、鈴木三重吉《すずきみえきち》の勧めで雑誌『**赤い鳥**』の童謡・児童詩欄を担当したことがきっかけで、次々と優れた童謡作品を発表し、新境地を開拓していった。また、作曲家・山田耕筰《やまだこうさく》とのコンビで「からたちの花」「この道」など、数々の童謡の傑作を世に送り出した。

大正14年に発表された中山晋平《なかやましんぺい》作曲の「あめふり」という曲は、あまりにも有名だ。

あめあめ　ふれふれ　かあさんが
じゃのめで　おむかい　うれしいな
ピッチピッチ　チャップチャップ
ランランラン

◉旅と自然を愛し、酒を愛し、人妻まで愛した若山牧水は肝硬変で亡くなった⁉

若山牧水《わかやまぼくすい》（1885-1928）は、旅と自然を愛し、酒を飲んでは歌を詠んだ。宮崎県に生まれ、18歳の時、号を牧水とした。早稲田大学文学科に入学したあと、同級生の北原隆吉《りゅうきち》（のちの白秋）と親交を結んだ。

牧水もまた友人の白秋同様、人妻との恋愛に苦悩した。そしてその苦悩を歌に詠み、大学卒業と同時に処女歌集『**海の声**』を出版した。牧水は長男に「旅人《たびと》」と名付けるほど旅を愛し、また旅にあって酒を飲み、各所で歌を詠んだ。43歳という若さで亡くなったが、死の大きな原因は肝硬変である。

それほどにうまきかと人の問ひたらばなにと答へむこの酒の味

人の世にたのしみ多し然《しか》れども酒なしにしてなにのたのしみ

自然主義VS白樺派 日本独自の「私小説」の誕生

◉日本の自然主義は西欧の自然主義とは全く別物

19世紀後半の西欧においてロマン主義への反動として興った**自然主義**とは、自然科学の対象として客観的に観察・記述される現実や人間を写実的に描くことで、「真実」を表す文学潮流のことだった。

日本において西欧の自然主義が紹介されると、それに共感した文学青年たちが、社会の矛盾を解決し因習を打破しようと声を上げた。しかし、ロマン主義批判の文脈にあった西欧とは違い、日本の自然主義は浪漫主義の一面であり、日本独自の自然主義、つまり「私《わたくし》小説」を生む展開をしていった。

◉自然主義の先駆者島崎藤村は、どん底の生活者!?

自然主義の代表的人物として挙げられるのはまず、**島崎藤村**《しまざきとうそん》（1872-1943）だ。信州の名家に生まれた藤村は、明治維新による社会変動で実家は没落し、数々の苦悩を抱えることになる。教師として女学校に勤めるが、教え子との恋に悩んで辞職し、盟友透谷《とうこく》の自殺なども続いて若くして人生のどん底に落ちる。

そんな藤村だが、浪漫主義の『**文学界**』のメンバーとして詩集『**若菜**《わかな》**集**』で華々しく文壇デビューを果たした。

しかし、藤村の生活は貧しかった。3人の幼い娘は栄養失調で病気に倒れ、周囲に金銭的な迷惑をかけながらの作家活動を余儀なくされた藤村は、ついに浪漫的な理想を捨てて、現実の中にある「生」を直視し、表現した。それが代表作の一つであり、自然主義文学の嚆矢《こうし》ともなる『**破戒**《はかい》』の自費出版だった。

◆島崎藤村

『破戒』の冒頭部は次のようなものだ。

蓮華寺《れんげじ》では下宿を兼ねた。瀬川丑松《うしまつ》が急に転宿《やどがへ》を思ひ立つて、借りることにした部屋といふのは、その蔵裏《くり》つづきにある二階の角のところ。

言文一致の完成体としての評価もあり、特に書き出しの簡潔さは新鮮な驚きを与えた。また、この作品は現実の社会を客観視し問題提起をも含んだ本格小説を確立させたことでも名高い。

1906年（明治39年）に発表された『破戒』は、自我の目覚めと社会と個人の相克《そうこく》を描いた本格的な自然主義小説として絶賛され、それに刺激を受けた**田山花袋**《たやまかたい》の『**蒲団**《ふとん》』という「私小説」の名作を生み出すことになった。藤村は、花袋の『蒲団』に影響を受け、次々と私小説を発表し世間に衝撃を与えた。

そして晩年に至り、7年に渡って連載した大作『**夜明け前**』では、父・正樹《まさき》をモデルとし、明治維新前後の時代を歴史小説といえるスケールで描いた。

その小説の中で藤村が描いたのは、近代の日本においての極限の告白小説といえるものだった。主人公は近親相姦をし、その妻には姦通を犯す。そして主人公とその子は狂死するに至る。隠し続けていた一族の血の恥を、藤村はここで吐き出したのだった。その冒頭の一文は「木曽路はすべて山の中である」だった。

◉「自然主義」を歪めてしまった文学青年、田山花袋!?

自然主義のもう一人の立役者、田山花袋（1871-1930）は、尾崎紅葉に師事し、硯友社系の雑誌で活動していたが、世に受け入れられず不遇の時代を送っていた。そんな中で、フランスの自然主義作家、モーパッサンの作品に衝撃を受け、自然主義の洗礼を受けた。

そこへ友人であり、ライバルでもあった藤村が名作『破戒』を発表するという衝撃があった。花袋はそれに負けまいとして『蒲団』を書いた。これは赤裸々な告白小説ともいえる「私小説」の元祖と目される作品だが、現代からすれば、その内容は何とも微笑ましい。

妻子ある作家の男が、女弟子に恋心を寄せるが、彼女には恋人ができてしまい、何とか二人を別れさせようとするも、その女弟子は自分の下を去っていくという。

芳子が常に用ひて居た蒲団（中略）時雄はそれを引出した。女のなつかしい油の匂と汗のにおひとが言ひも知らず時雄の胸をときめかした。（中略）性慾と悲哀と絶望とが忽《たちま》ち時雄の胸を襲つた。時雄は其の蒲団を敷き、夜着をかけ、冷めたい汚れた天鵞絨《ビロード》の襟に顔を埋めて泣いた。

ただこの作品は、当時にあっては驚愕の内容で、文壇はもちろん社会的にも大きなセンセーションを巻き起こした。そのため、本格的な自然主義小説である藤村の『破戒』よりも、『蒲団』的な自己告白の小説、すなわち「私小説」こそが日本的な自然主義文学ということになってしまった。

◉人生の深淵に突き進む日本的私小説の世界

私小説では、作者が直接経験したことを材に、病気や貧困、性癖、家族のしがらみなど個人の周辺から、金銭トラブル、痴情のもつれ、警察・裁判沙汰など社会を巻き込んでの事件に至るまで、苦と悲惨と生き恥と愚行とが描かれることが多い。

葛西善蔵《かさいぜんぞう》（1887－1928）は完全に破滅型で、文学のためにはすべてを犠牲にする文学至上主義者だった。「私小説」の極北に位置する作家といっていい。代表作は『哀しき父』『子をつれて』。

異色なところでは女流作家**林芙美子**《はやしふみこ》（1903－1951）がいる。行商生活で各地を転々とした生い立ちと、上京後、極貧生活だったことを描いた自伝『**放浪記**《ほうろうき》』がある。この作品は映画化され、舞台演劇としても、故・森光子のライフワークとして有名だ。芙美子原作で巨匠成瀬巳喜男《なるせみきお》による映画『浮雲』は、日本映画史に燦然《さんぜん》と輝く傑作といえる。

◉自然主義に対抗した白樺派は学習院の坊ちゃんたち!?

こうした一大ブームを巻き起こした自然主義（ほぼ私小説）に対して、反自然主義な立場を取ったのが、明治末期においては文豪の漱石や鷗外で、大正期は主に耽美《たんび》派と白樺《しらかば》派のメンバーたちがいた。

白樺派は、1910年（明治43年）創刊の同人誌『白樺』が拠点で、メンバーはほとんどが上流階級、そして学習院出身の坊ちゃんたちだった。彼らは、自身の出自（つまり特権階級かつ金持ちであること）と社会正義との矛盾に悩みつつ、ロシアの文豪トルストイに影響され、大正デモクラシーの世にあって、理想主義・人道主義的立場から個性や自我を尊重した。

◉実篤の『お目出たき人』は何が「お目出たい」のか!?

白樺派を象徴する人物と言えるのが、**武者小路実篤**《むしゃのこうじさねあつ》（1885－1976）だった。公卿・華族の家系に生まれた実篤は、学習院初等科から中等学科、高等学科を経て、東京帝国大学に入学したものの、1年で中退した。文芸雑誌『白樺』を創刊するとともに、徹底的に自己を肯定する思想から、1911年に『**お目出**《めで》**たき人**』を発表。

これは当時まだ25歳にすぎなかった実篤の実体験をもとにした「完全失恋小説」で、ストーリーは「20代半ばの男が女学生（鶴）を好きになり、一度もデートしないままプロポーズするも撃沈。その約半年後、女学校を卒業したその女学生は他の男と結婚する」という単純なもの。

嬉しい時も淋しい時も、美しいものを見る時も、甘味いものを食う時も鶴と一緒だったらと思う。

一度も口をきいたこともないのに、こうした一方的な片思いが描かれており、今の時代なら下手するとストーカーと取られかねないくらいだ……。

これがなぜ「お目出たい」のかというと、実篤は、主人公の愚直さや馬鹿正直さを描くことで、常識にとらわれず自然のままに生きることが大切だと考えたからだ。その後、実篤は個人を生かすことが、人類全体の幸福に寄与するとした楽天的な人道主義を唱えた。

第二次大戦中の戦争協力を問われた実篤は、しばし文壇から離れるが、『**真理《しんり》先生**』で復帰。絵も精力的に描くなどしながら、90歳の長寿を全うした。

晩年、たくさんの色紙に淡い色調の野菜や花の絵と名言を書いた。「仲良きことは美しき哉《かな》」「この道より我を生かす道はなし　この道を歩く」など、日本中の家庭に（複製ないしは偽物も含めて）一家に1枚あったのではないか、といわれるほどだった。

◉父との確執、関係の悪化、それらをネタに小説を書いた志賀直哉

のちに「小説の神様」と呼ばれた**志賀直哉《しがなおや》**（1883－1971）は、祖父が二宮尊《にのみやそん》

徳《とく》の門人で、足尾《あしお》銅山の開発に関わるといった士族出の有名な実業家の一族に生まれた。学習院時代はキリスト教思想家**内村鑑三**《うちむらかんぞう》の下に通い、潔癖な倫理観を養った。

　足尾銅山鉱毒事件が起きると、直哉は父と衝突することになる。これが長年に及ぶ二人の確執の始まりとなった。学習院中等科で、直哉は実篤らと出会い文学の道に進むことを決めた。そして進んだ東京帝大を共に中退した実篤らと『白樺』を創刊し、1910年に文壇デビュー作となる短編『**網走**《あばしり》**まで**』を発表した。

　その後、直哉は電車にはねられ重症を負う。その療養先として城崎《きのさき》温泉での体験を書いたのが、短編『**城の崎にて**』である。「山の手線の電車に跳ね飛ばされて怪我をした、其後養生に、一人で但馬の城崎温泉へ出掛けた。」で始まるこの小説は**心境小説**を代表する作品であり、簡潔さの中に格調を湛えた名文として、多くの作家に影響を与えた。

◆有島武郎（後左）、志賀直哉（後右）、武者小路実篤（前）

他の蜂が皆《みんな》巣へ入って仕舞った日暮、冷たい瓦の上に一つ残った死骸を見る事は淋しかった。然し、それは如何にも静かだった。

従来の日本独自の「私小説」が描く現実は、作家の貧しい生活を反映して一種の暴露小説的であったのに対して、直哉の小説は自らの快・不快の感覚を描きつつ、事の善悪や不正などに対する倫理観にまで高められていたところが大きな違いだった。ここでも蜂の死骸を見て「淋しかった」という思いを抱きつつも、それは透徹した目で見られたものであり、人生を観照する姿勢から出たものだった。

◉小説の神様と呼ばれた志賀直哉は本当に神様だったのか⁉

次女の誕生をきっかけに直哉と父との不和が解消する。**『和解』**ではそうした経緯を喜びとともに綴った。

父との和解で調和的な心境になった直哉は、代表作となる長編**『暗夜行路《あんやこうろ》』**に取りかかる。これはそれまでのような私小説的な作品ではなくフィクションとして書かれた。しかし、主人公が苦悩の果てに人間として成長するといったこの魂の遍歴譚にはやはり直哉自身の姿が重ねられている。後年、若い頃の作品『**小僧の神様**』にかけて直哉は「小説の神様」と呼ばれた。

直哉の一切無駄のない文体は、小説文体の理想のひとつと見なされ文壇の大家として君臨したが、死後の文学的評価は分かれている。晩年、文化勲章を受章し88歳で大往生した。

◉日本版『ボヴァリー夫人』と呼ばれた有島武郎の作品とは⁉

有島武郎《ありしまたけお》(1878-1923)は、高級官僚の子として生まれ、学習院時代は優秀な生徒だった。アメリカ留学などを経て、白樺派の中では遅咲きとなる30代でデビューした。39歳の時、『カインの末裔《まつえい》』を発表し、そこから5年間で代表作のほとんどを書き、そして45歳で人生を閉じた。

評論『**惜《お》しみなく愛は奪ふ**』で、愛は自己本能のために他を犠牲にしてまで自由を得るものだとした。武郎は矛盾する存在である自己の葛藤を次のように述べている。

……知ることは出来ない。が、知ろうとは欲する。人は生れると直ちにこの「不可能」……

と「欲求」との間にさいなまれる。不可能であるという理由で私は欲求を抛《なげう》つことが出来ない。

1919年（大正8年）、長編『**或《あ》る女**』を刊行。自身の代表作となるのみならず日本版『ボヴァリー夫人』と称され、直哉の『暗夜行路』と並ぶ白樺派を代表する作品となった。

時代の空気が大正デモクラシーから社会不安へ向かうと、武郎は支配階級にいる自身の存在に悩み始め、台頭したプロレタリア運動への共感を表明したが苦悩は続き、恋愛関係にあった人妻と軽井沢で心中した。なお、武郎の長男は日本映画史上の名優、森雅之《もりまさゆき》である。

鷗外・漱石
二大文豪のデビューから晩年まで

◉『於母影』で、鷗外の文学活動はスタート!!

夏目漱石と並び称される文豪・**森鷗外**《もりおうがい》（1862－1922）は、石見国津和野《いわみのくにつわの》（現・島根県津和野町）で医者の家に生まれ、神童の名をほしいままにした。その後上京し年齢を2歳多く偽って第一大学区医学校予科（現在の東大医学部）に進学した。そして19歳という当時最年少の若さで東大を卒業後、軍医となりドイツに留学した。そこで細菌学の権威コッホに師事する一方、近代西欧の思想や文学も吸収して帰国。医学と文学という二つの世界で日本の近代化を図っていった知の巨人だ。

ドイツから帰国した鷗外は、1889年（明治22年）に妹の小金井喜美子、落合直文らと共同で訳詩集『**於母影**《おもかげ》』を発表し、ゲーテ、ハイネ、バイロン、シェークスピアなど浪漫的西欧詩を紹介した。ゲーテの「ミニヨンの歌」の第1章を紹介する。

レモンの木は花さきくらき林の中に
こがね色したる柑子《こうじ》は枝もたわゝにみのり
青く晴れし空よりしづやかに風吹き
ミルテの木はしづかにラウレルの木は高く
くもにそびえて立てる国をしるやかなたへ
君と共にゆかまし

1882年（明治15年）に刊行された、外《と》山《やま》正一《まさかず》・矢《や》田《た》部《べ》良吉《りょうきち》・井上《いのうえ》哲次郎《てつじろう》による**『新体詩抄《しんたいししょう》』**で、「夫《そ》レ明治ノ歌ハ、明治ノ歌ナルベシ、古歌ナルベカラズ、日本ノ詩ハ日本ノ詩ナルベシ、漢詩ナルベカラズ、是《こ》レ新体ノ詩ヲ作ル所以《ゆゑん》ナリ」と高らかに宣言された日本の近代詩だが、それはまだ西洋の詩を五七調や七五調の文語定型詩として翻訳した

◆森鷗外

ものが主流であった。

しかし、鷗外のこの訳詩集では、なるべく原作の雰囲気を損なわないようにするために、従来の五七調や七五調以外にも、さまざまな韻律を取り入れて翻訳し、西洋詩の高い芸術性を伝えた。

●知の巨人森鷗外も、論争し過ぎで陸軍では左遷の憂き目に!?

その後、鷗外は旧弊な日本の文壇に「しがらみ」をかけてやろうと、文芸評論誌『しがらみ草紙《ぞうし》』を創刊し、啓発的な評論活動も展開していく。

また、自身の留学体験に材をとった雅文体の恋愛小説『**舞姫**《まいひめ》』をはじめとするドイツ三部作（『舞姫』『うたかたの記』『文づかひ』）を発表した。この三作はまだ言文一致体ではなく、平安時代の仮名文を模して書かれた「雅文体」で書かれている。有名な『舞姫』の冒頭部分を紹介する。

石炭をば早《は》や積み果てつ。中等室の卓《つくゑ》のほとりはいと静にて、熾熱燈《しねつとう》の光の晴れがましきも徒《いたづら》なり。今宵は夜毎にこゝに集ひ来る骨牌《かるた》仲間も「ホテル」に宿り

……て、舟に残れるは余一人のみなれば。……

坪内逍遙との「没理想《ぼつりそう》論争」では、写実主義者で「没理想」を評価する逍遙に対し、鷗外は浪漫主義者として、世界は現実だけではなく「美」という理想に満ちていると反論、芸術性を引き出すために理想を重視した。

日清戦争に従軍後、『しがらみ草紙』に続く雑誌『めさまし草』を発行したりするが、文学活動に限らず、医学面でも批判を多くしていたことがあだとなったのか、鷗外の名声を不快に思う者もいたことから、九州小倉《こくら》に左遷され、文学活動の方も影をひそめてしまう。

◉長年の沈黙を破り鷗外復活！　次々に傑作、問題作を発表

文学界において10年以上沈黙した鷗外は、陸軍の中での信頼を取り戻し、軍医の最高位に登りつめた。そこで文学活動を再開する。

1909年（明治42年）に文芸誌『**スバル**』に当時流行していた自然主義の人生観に対抗する意図を持って書いた問題作『**ヰ《ゐ》タ・セクスアリス**』を発表。このタイトル

は「性的生活」を意味するラテン語で、その内容も、ある哲学者の若き日の「性欲的生活の歴史」が手記の形式で語られるといったものだ。

14歳の時に、オナニーをした時の描写は、「僕はこの頃悪い事を覚えた。（中略）僕はそれを試みた。しかし人に聞いたように愉快でない。そして跡で非道《ひど》く頭痛がする。強《し》いてかの可笑しな画なんぞを想像して、反復して見た。今度は頭痛ばかりではなくて、動悸《どうき》がする。」というものだが、20歳の時に童貞を喪失する。

八畳の間である。正面は床の間で、袋に入れた琴が立て掛けてある。黒塗に蒔《まき》絵《え》のしてある衣桁《いこう》が縦に一間を為切《しき》って、その一方に床が取ってある。婆あさんは柔かに、しかも反抗の出来ないように、僕を横にならせてしまった。僕は白状する。（中略）僕の抗抵力《こうていい》を麻痺《まひ》させたのは、慥《たしか》に僕の性欲であった。

今からみればそれほど過激と思われない描写だが、当時は卑猥だとして『ヰタ・セクスアリス』は発禁処分を受けてしまった。

◉乃木大将の殉死に衝撃を受けて書かれた鷗外の歴史小説

1912年（明治45年）、崩御した明治天皇への乃木《のぎ》大将の殉死に衝撃を受けた鷗外は、その死のわずか5日後に『**興津弥五右衛門《おきつやごえもん》の遺書《いしょ》**』を執筆した。そしてこれ以降、歴史小説を書き始める。

翌年短編『**阿部一族《あべいちぞく》**』で主君の死の際に殉死を許されず主家に反逆し滅びてゆく阿部一族を描いて、封建的な武士道の醜い部分を剔抉《てっけつ》した。『**山椒大夫《さんしょうだゆう》**』は浄瑠璃などで語り継がれてきた安寿《あんじゅ》と厨子王《ずしおう》の伝説を典拠に創作した短編。巨匠溝口健二《みぞぐちけんじ》の手になる同名映画は世界最高傑作の一つとなった。

鷗外はさらに史伝へと進み、『**渋江抽斎《しぶえちゅうさい》**』で江戸時代の津軽藩の侍医を、自身の理想像として畏敬の念を持って書きながら、その儒教的調和の世界に共感することで近代の個人主義的な問題と向き合った。以後何作か史伝を遺して、1922年満60歳で没した。

鷗外の遺言には、次のような有名な文言が書かれている。

余ハ石見《いわみ》人森林太郎トシテ死セント欲ス　宮内省陸軍皆縁故アレドモ　生死別ル、瞬間アラユル外形的取扱ヒヲ辭《じ》ス　森林太郎トシテ死セントス　墓ハ森林太郎墓ノ外《ほか》一字モホル可ラス

その遺言により墓には「森林太郎墓」とのみ刻された。

なお、読めないような極端な当て字の名前を持つ子供が増えているといった、いわゆるキラキラネーム問題が起こった時、鷗外がその元祖であると話題になった。彼はドイツ留学中に自分の本名である林太郎がはっきりと呼ばれなかったのを苦々しく思っていたらしく、長男に於菟（おと＝オットー）と名付けたのをはじめとして、長女・茉莉（まり＝マリー）、次女・杏奴（あんぬ＝アンヌ）など、西欧人には馴染みのある名前を付けた。また、義弟の小金井良精《こがねいよしきよ》（妹の夫）の孫の一人が、「ショートショートの神様」と呼ばれた小説家の星新一《ほししんいち》である。

◉夏目漱石のペンネームの由来は？

明治の世が幕開けする前年、今の東京都新宿区の一画で、五男三女の末っ子として、

夏目《なつめ》漱石《そうせき》（1867-1916）は生まれた。本名金之助《きんのすけ》。漱石が生まれた旧暦の慶応3年1月5日は、干支で言うと庚申《かのえさる》にあたる。この日は大泥棒になるという迷信があったために、厄除けの意味で名前に「金」の文字が入れられた。

幼い頃から聡明だった彼は、漢学塾でのちの文学や思想の核となる儒教的倫理観を育てる一方、英語の習得にも大変な才能をみせるなどして、大学の予備門に進み、そこで同い年の**正岡子規**と交友を深める。子規の作品を批評するにあたって初めて「漱石」のペンネームを用いた。これは元々子規のペンネームの一つだったようで、中国の故事「漱石枕流《そうせきちんりゅう》（負け惜しみの強いこと）」に由来する。

漱石は予備門では落第を契機にその後首席を通し、入学した帝大（東大）英文科でも成績優秀な特待生だったが、この頃から「神経衰弱」の徴候が出て、厭世観を持つようになったという。

◉神経衰弱が生んだ処女作『吾輩は猫である』

大学卒業後、東京で教師生活に入り、松山中、熊本五高と赴任し、神経衰弱に苦しみながらも、1900年、英文学教授法研究の目的でイギリスに留学した。文部省による官費留学とはいえお金が乏しく、自室に籠もっての研究となった漱石は、埋めることの困難な日本と西欧の溝に圧倒され、精神状態は次第に悪化していく。日本では、漱石は発狂したとまで噂され、3年で帰国した。

帰国した漱石は一高、東京帝大の講師となるも、一高での教え子、**藤村操**《ふじむらみさお》が華厳《けごん》の滝《たき》で投身自殺した。操が残した遺書「巌頭之感《がんとうのかん》」は、当時のマスコミや知識人らに大きな波紋を広げることになった。数日前に授業の中で操を叱責していた漱石は気に病み、家庭生活もうまくいかず苦悩していたため、神経衰弱は一段と悪化した。

そんな中、俳句仲間である**高浜虚子**《たかはまきょし》の勧めで、1905年（明治38年）、雑誌『ホトトギス』に『**吾輩**《わがはい》**は猫**《ねこ》**である**』を連載し、好評を博する。この時漱石は38歳、遅咲きのデビューといえた。そして満49歳で亡くなるまでのわずか10年ほどの間に名作を次々と発表することになる。

漱石の処女小説『吾輩は猫である』は、「吾輩は猫である。名前はまだ無い。」という有名な書き出しで始まるが、なんと最後はビールに酔い、甕《かめ》に落ちて死ぬ。

……吾輩は死ぬ。死んでこの太平を得る。太平は死ななければ得られぬ。南無阿弥陀……

……仏南無阿弥陀仏。ありがたいありがたい。……

こうした、ユーモアとペーソスに溢れた作風から、漱石は人生を余裕を持って眺めようとする**余裕派**と呼ばれたり、気分や連想を楽しむ「**低徊趣味**《ていかい》」ともいわれたりしたが、自然主義中心の文壇においてまだまだ影響力を持っているとはいえなかった。

◉エリートコースを捨て新聞社の専属作家となる漱石、不惑40歳にして立つ⁉

『吾輩は猫である』の好評に気をよくした漱石は、『**坊**《ぼ》**っちゃん**』『**草枕**《くさまくら》』と立て続けに作品を発表する。『草枕』の冒頭部分はつとに有名だ。「山路《やまみち》を登りながら、から考へた。智に働けば角《かど》が立つ。情に棹させば流される。意地を通せば窮屈だ。兎角《とかく》に人の世は住みにくい」。

その後、東京帝大教授の話を断った漱石は1907年（明治40年）、朝日新聞に入社して専属作家となる。エリートコースの東京帝大教授の椅子を蹴って新聞社に入社したことは、当時大評判となった。漱石はちょうど40歳、不惑の歳にして立つことになった。しかし、さすが漱石、月給は新聞社社長を超えていたとも言われている。

漱石の朝日新聞連載第一作は『**虞美人草**《ぐびじんそう》』、そして前期三部作である『**三四郎**』『**それから**』『**門**《もん》』を立て続けに発表した。しかし、無理がたたったか『門』の連載中から漱石は胃潰瘍を患い、療養のため伊豆の修善寺《しゅぜんじ》に出かけるが、そこで大吐血を起こし、人事不省に陥った。これが「修善寺の大患《たいかん》」と呼ばれる事件である。

◆夏目漱石

◉「則天去私」の境地に至るも、『明暗』は未完のまま漱石死す!!

「修善寺の大患」で臨死状態を体験したことは漱石の作風に大きな変化を与えた。余裕派と呼ばれた初期の作風とは大きく異なり、後期三部作と呼ばれる『**彼岸過迄**《ひがんすぎまで》』『**行人**《こうじん》』『**こゝろ**』では、現実を凝視し、人間のエゴイズムを探求していく。漱石の講演『**私の個人主義**』の一節を引用しよう。

私のここに述べる個人主義というものは、（中略）他の存在を尊敬すると同時に自分の存在を尊敬するというのが私の解釈なのですから、立派な主義だろうと私は考えているのです。もっと解りやすく云えば、党派心がなくって理非がある主義なのです。（中略）それだからその裏面には人に知られない淋《さび》しさも潜んでいるのです。

最晩年の漱石は「**則天去私**《そくてんきょし》（＝天に則《のっと》り私を去る）」で、自我を追求した果ての姿として、小さな私にとらわれず（去私）、自身を天地自然にゆだねる（則天）という調和の世界に入る境地に至った。

しかし、何度も胃潰瘍《いかいよう》で倒れ、痔や糖尿病にも悩まされた漱石は、1916年（大正5年）『**明暗**《めいあん》』の執筆途中で胃病が悪化し死去した。享年49歳。

正岡子規とその影響
短歌・俳句の革新

◉結核を患いながら、文学を革新した正岡子規の壮絶人生

正岡子規《まさおかしき》（1867-1902）の人生は、わずか35年に過ぎない。しかも、死を迎えるまでの約7年間は結核を患い、最後の3年は寝たきりの状態だった。しかし、その短い文学活動期間の間に、多方面に渡る創作活動を行い、特に俳句と短歌の革新において、日本の近代文学に多大な影響を及ぼした。

子規は、愛媛県の松山生まれ。上京して東大予備門（のち一高、現・東大教養学部）で夏目漱石と出会い、帝大進学後も終生変わらぬ友情を育んだ。

子規は若くして結核を患い、喀血を繰り返した。ホトトギスの口が赤いことから漢字表記である「子規（ホトトギス）」をペンネームにした子規は、己の人生が残りわずかと悟っていたのか、短期間に次々と文学改革を行っていく。

◉紀貫之や『古今和歌集』をこき下ろし、写生俳句を提唱した子規!!

子規はまず、俳諧は形式化して「月並」だと批判を開始し、俳句革新に乗り出した。子規は、与謝蕪村を高く評価し、事物をありのままに写す**写生俳句**を提唱した。そして寝たきりの病床で文芸誌『**ホトトギス**』を創刊し、弟子の高浜虚子《たかはまきょし》らに編集を委《ゆだ》ねながら、句会を開く。

また『**歌よみに与ふる書**』で、やはり写生による短歌の革新にも乗り出す。その中で、『古今和歌集』以来の旧来の和歌を批判し、『万葉集』や源実朝の『金槐和歌集』こそが一流とし、紀貫之や『古今和歌集』の歌はダメだと容赦なくこき下ろした。

……仰《おお》せの如《ごと》く近来和歌は一向に振ひ不申《もうさず》……

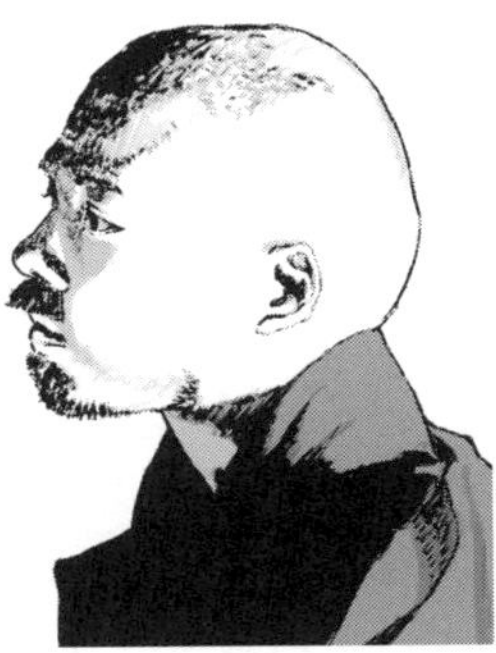

◆正岡子規

候。正直に申し候へば万葉以来実朝《さねとも》以来一向に振ひ不申候。（中略）あの人をして今十年も活かして置いたならどんなに名歌を沢山残したかも知れ不申候。（中略）貫之《つらゆき》は下手な歌よみにて『古今集』はくだらぬ集に有之《これあり》候。

ここまではっきりと書かれると、気持ち良いくらいの一刀両断ぶりだ。しかし、子規の体はどんどん病魔にむしばまれていく。結核が悪化し、凄絶な死の床で庭を眺めながらも創作活動を続けた子規は、『**病牀六尺**《びょうしょうろくしゃく》』でユーモア溢れる随筆を遺し、留学中の親友漱石に会うこと叶わず35歳で逝った。死後、歌集や句集がまとめられる。絶筆は次の3句。

絲瓜《へちま》咲《さい》て痰《たん》のつまりし佛かな
痰一斗絲瓜の水も間にあはず
をとゝひの絲瓜の水も取らざりき

◉子規の死後、虚子と碧梧桐は袂を分かつ!!

正岡子規が若くして亡くなった後、『ホトトギス』を担ったのは**高浜虚子**（1874－1959）だった。虚子は松山に生まれ、中学の同級生だった**河東碧梧桐**《かわひがしへきごとう》（1873－1937）を介して子規と出会う。子規没後は新傾向俳句を主張する碧梧桐と袂《たもと》を分かち、誌上で漱石に『吾輩は猫である』の執筆を勧めた。やがて新傾向俳句の隆盛に伝統破壊の危機感を抱いた虚子は、「春風や闘志いだきて丘に立つ」の句をもって俳壇に復帰した。

虚子は「花鳥諷詠《かちょうふうえい》」を主張し、季題・定型・客観写生・視覚描写を理念とした。伝統俳句のホトトギス派を大正から昭和初期の主流にし、弟子の水原秋桜子《みずはらしゅうおうし》、山口《やまぐち》誓子《せいし》、高野素十《たかのすじゅう》、阿波野青畝《あわのせいほ》はその俳号の頭文字を取って四S時代を築いた。

虚子と袂《たもと》を分かった河東碧梧桐は、季題・定型に縛られない個人の実感重視の新傾向俳句を主導した。代表句に「赤い椿白い椿と落ちにけり」がある。後年は自由律俳句にも進んだ。「曳《ひ》かれる牛が辻でずつと見廻した秋空だ」。

◉子規亡きあと、アララギ派はどうなった⁉

子規は、根岸《ねぎし》短歌会を主催して短歌の革新にもつとめた。それはのちに伊藤左千《いとうさち》夫《お》・長塚節《ながつかたかし》らにより短歌結社「アララギ」へと発展していく。

伊藤左千夫（1864-1913）の代表歌として「牛飼が歌詠む時に世の中のあらたしき歌おおいに起る」がある。純愛小説『野菊《のぎく》の墓《はか》』も書いた。

斎藤茂吉《さいとうもきち》（1882-1953）は、東京帝大医科時代に伊藤左千夫に入門し、「アララギ」の編集を担当した。子規の提唱した「写生」を深め、詠む対象と自己の一体化した「実相観入《じっそうかんにゅう》」を唱え、歌集『**赤光**《しゃっこう》』を上梓した。「のど赤き玄鳥《つばくらめ》ふたつ屋梁《はり》にゐて足乳根《たらちね》の母は死にたまふなり」。

釈迢空《しゃくちょうくう》（1887-1953）は、本名を折口信夫《おりくちしのぶ》といい、根岸短歌会で伊藤左千夫を知った後、「アララギ」の同人になった。また柳田国男《やなぎたくにお》の民俗学に触発され、師事して民俗学的研究を行った。

尾崎放哉《おざきほうさい》（1885-1926）は東京帝大法学部を出て生命保険会社の出世コースを行くも、酒癖が酷くドロップアウトした。そして妻子も世も捨て、西日本各地の寺院で寺男となる。山頭火と双璧をなす自由律俳人。「咳をしても一人」。

種田山頭火《たねださんとうか》（1882-1940）は波乱の人生を送ったあと、関東大震災で無常を痛感し、「行乞流転」の旅に出る。各地に庵を結びながらも全国を放浪した。自由律俳人。「分け入つても分け入つても青い山」。「ひとりで蚊にくはれてゐる」。

日本の詩
口語体による詩の完成

◉落第名人、萩原朔太郎は天才詩人⁉

日本において近代の口語自由詩を完成させたのは**萩原朔太郎**《はぎわらさくたろう》（1886-1942）であった。

朔太郎は群馬県前橋市で、開業医の父のもとに生まれた。中学に進むと早くも文才を発揮して『明星』に短歌が掲載されるなどし、石川啄木らと共に「新詩社」の同人となった。

しかし、学校の成績のほうはひどいもので、中学や高校を落第したり転校したりを繰り返し、やっと慶應義塾大学予科に入学するも直後に退学、翌年、慶應義塾大学予科に再入学するも、結局中途退学して、その後帰郷。朔太郎は、まったくもって学業に見込みなしの不良学生であった。

そんな不良学生の朔太郎であったが、その間にも室生犀星《むろうさいせい》と出会い、文学修業を続けていた。長い青春彷徨も終わり、31歳になった1917年（大正6年）、第一詩集**『月《つき》に吠《ほ》える』**を自費で出版した。

◉口語体で最高峰の詩を書いた後、文語体へ回帰

『月に吠える』で朔太郎は、従来の日本語の詩にはなかった独自の口語体の象徴的詩境を開拓した。**『月に吠える』**所収の「竹」を掲載する。

光る地面に竹が生え、
青竹が生え、
地下には竹の根が生え、
根がしだいにほそらみ、
根の先より繊毛が生え、
かすかにけぶる繊毛が生え、
かすかにふるえ。

かたき地面に竹が生え、
地上にするどく竹が生え、
まつしぐらに竹が生え、
凍れる節節りんりんと、
青空のもとに竹が生え、
竹、竹、竹が生え。

ここで朔太郎は、従来の日本文学の土壌になかった病的なまでの幻想世界を独特の音楽的な口語体で表現し、近代人の孤独や絶望といった内面にまで深く入り込んだ詩を書いた。朔太郎が「日本近代詩の父」と称されるのはこうしたゆえんだろう。

その2年後、『月に吠える』に比べるとやや詠嘆調で郷愁の念も入った『**純情小曲集**《じゅんじょうしょうきょくしゅう》』を刊行したが、家庭破綻により生活が荒廃していく。そうした中、古典の詩論を発表し、『**氷島**《ひょうとう》』では漢文訓読調の文語体への回帰をみせた。

その後、明治大学文芸科講師となった朔太郎は、55歳の時に急性肺炎で死去した。

◉詩人から小説家に転身した室生犀星!!

室生犀星《むろうさいせい》（1889-1962）は金沢で、加賀藩の足軽組頭とその女中との間に私生児として生まれ、すぐに近くの真言宗寺院の住職である室生家に養子に出された。「夏の日の匹婦の腹に生まれけり」と自嘲気味に詠んでいるように、犀星の生い立ちは文学に深い影響を与えた。

帰郷、上京を繰り返した犀星は、萩原朔太郎と親交を持ち、詩集『**愛の詩集**』『**抒**《じょ》**情**《じょう》**小曲集**』などで詩人としてスタートした。次の『抒情小曲集』の中の詩句は有名だ。

……………
ふるさとは遠きにありて思ふもの
そして悲しくうたふもの
……………

それと同時に『幼年時代』『性に眼覚める頃』等の小説を発表し、やがて詩との訣別を宣言するに至った。1957年（昭和32年）に半自叙伝的な長編『杏《あんず》っ子』を発表した。

『わが愛する詩人の伝記』では、島崎藤村、高村光太郎、北原白秋、萩原朔太郎、堀辰雄ら、犀星と親交のあった詩人たちの生身の姿と言葉を描き出している。「詩人は早く死んではならない。何が何でも生き抜いて書いていなければならない」とは、同士たちに向けられた鎮魂の言葉だろう。

1962年（昭和37年）肺癌のために死去。享年72歳。

◉異端の詩人、宮沢賢治が生前刊行できたのはたった2冊!?

今でこそ、多くのファンを持つ**宮沢賢治《みやざわけんじ》**（1896－1933）だが、生前に刊行されたのは詩集**『春と修羅《しゅら》』**と童話集**『注文の多い料理店』**の2冊のみ、それも自費出版であった。賢治の作品が真の意味で高い評価を受けるのは、死後のことであった。

賢治は岩手県花巻において、質・古着商の息子として生まれた。旧制盛岡中学校に進学した賢治は鉱物採集に熱中する反面、石川啄木に影響を受け、短歌の創作を始めるなど、文学にも目覚めた。盛岡高等農林学校（現・岩手大学農学部）に進むも肋膜《ろくまく》炎を患った。

萩原朔太郎の詩集『月に吠える』に出会って感銘を受けた賢治は、一度は上京して

謄写版制作の職に就きながら童話の創作を行うが、岩手に戻って農学校教師となる。賢治の私的・文学的な良き理解者であった妹が病死した2年後、詩集『春と修羅』を自費出版。続けて童話『注文の多い料理店』を刊行した。

◉賢治の持つ独特な世界観の根底は仏教!?

遺作となる**『銀《ぎん》河《が》鉄《てつ》道《どう》の夜』**や、有名な『雨ニモマケズ』には、賢治の独自の思想・宗教観が反映されていると言われるが、こうした考え方の根本は、父が熱心な浄土真宗の信者であり、幼い頃から親しんだ仏教が強い影響を与えているといわれている。

『春と修羅』の序の一部を抜粋してお届けする。これだけでも賢治の持つ特異な世界観を垣間見ることができるはずだ。賢治は作品を「詩」でなく、「心象スケッチ」と呼んでいた。

わたくしといふ現象は
仮定された有機交流電燈の

ひとつの青い照明です
（あらゆる透明な幽霊の複合体）
風景やみんなといっしょに
せはしくせはしく明滅しながら
いかにもたしかにともりつづける
因果交流電燈の
ひとつの青い照明です
（ひかりはたもち、その電燈は失はれ）

◆宮沢賢治

やがて農学校を依願退職した賢治は農業指導に奔走するが、過労から肺炎を発症し療養生活を余儀なくされる。その後、回復するが再び病に倒れ、最後は急性肺炎のため37歳の若さで死去した。**『雨ニモマケズ』**は、手帳に書かれていたもので、賢治の死後に発見された。

◉天才詩人は落第、転校、退学を繰り返すもの!?

夭折《ようせつ》の天才詩人**中原中也《なかはらちゅうや》**（1907-1937）は、陸軍軍医の父を持ち、現在の山口市湯田《ゆだ》温泉で生まれた。成績優秀で「神童」と呼ばれた子供だったが、早熟な中也は小学校6年の頃から短歌を作り始めるなど次第に文学に傾斜していった。

山口中学を落第した中也は、京都の立命館中学に編入したが詩作に耽《ふけ》る。しかも女優・長谷川泰子《はせがわやすこ》と知り合い、同棲した。泰子はのちに中也のもとを去り、小林秀雄《こばやしひでお》と同棲することになるが、小林とも別れ、別の男性との間に子供をもうけた。その子の名を命名したのは中也だった。このあたりの事情は、『中原中也との愛』（長谷川泰子・著／村上護・編）に詳しい。

その後中也は上京し、いくつかの大学を入学↓退学↓編入などを繰り返しながら最終的に東京外国語学校を卒業した。その間、のちに『**山羊《やぎ》の歌**』に収録される詩や翻訳を発表し続けた。

25歳の時、初の詩集『山羊の歌』の出版を計画した中也だったが、結局資金が足りず、本作りはいったん暗礁に乗り上げてしまった。その後結婚し、子供も生まれた中也は、ランボーの翻訳などをして糊口《ここう》をしのいでいたが、やっと自分の詩集『山羊の歌』が高村光太郎の装丁で発売され、好評を博した。

◉ダダイズムにランボー、ヴェルレーヌ、あらゆるものを昇華した中也の詩の世界!!

『山羊の歌』は、既成の概念を破壊するダダイズムの影響を受けた詩から始まっている。

トタンがセンベイ食べて
春の日の夕暮は穏かです
アンダースローされた灰が蒼ざめて
春の日の夕暮は静かです

また、「幾時代かがありまして　茶色い戦争ありました　幾時代かがありまして
冬は疾風吹きました」ではじまる「サーカス」は、中也独特の**オノマトペ**（擬声語・

擬態語）「ゆあーん　ゆよーん　ゆやゆよん」を披露している。
有名な「汚れつちまつた悲しみに　今日も小雪の降りかかる　汚れつちまつた悲しみに　今日も風さへ吹きすぎる」などの詩には、フランス象徴詩のランボーやヴェルレーヌの影響もみられるが、それを見事に日本語として昇華している。
第二詩集の『**在《あ》りし日の歌**』の原稿清書を終え、小林秀雄に渡した頃から体調がさらに悪化、結核性の脳膜炎で亡くなった。享年30歳。

◉智恵子への愛と戦争責任の贖罪に苦しむ、求道者光太郎

高村光太郎《たかむらこうたろう》（1883－1956）は、彫刻家の高村光雲《こううん》の長男として現在の東京都台東区で生まれた。東京美術学校（現・東京芸術大学美術学部）彫刻科に入学した光太郎は、その後ニューヨーク、イギリス、パリに留学して海外の新しい芸術の息吹を体験して帰国した。
その後、アトリエを構えて旺盛に芸術作品を制作するとともに、1914年（大正3年）に詩集『**道程《どうてい》**』を出版した。この詩集は「僕の前に道はない　僕の後ろに道は出来る　ああ、自然よ　父よ」と、高らかに歌い上げた人間賛歌だった。

その後長沼智恵子《ながぬまちえこ》と結婚するが、元来繊細だった智恵子は実家の破産がきっかけで精神を病み、光太郎の献身的な看護も虚しく、亡くなってしまう。光太郎は1941年（昭和16年）に詩集『**智恵子抄**《しょう》』を出版した。

あどけない話

智恵子は東京に空が無いといふ、
ほんとの空が見たいといふ。
私は驚いて空を見る。
桜若葉の間に在るのは、
切つても切れない
むかしなじみのきれいな空だ。
どんよりけむる地平のぼかしは

◆高村光太郎と智恵子

うすもも色の朝のしめりだ。
智恵子は遠くを見ながら言ふ。
阿多多羅山《あだたらやま》の山の上に
毎日出てゐる青い空が
智恵子のほんとの空だといふ。
あどけない空の話である。

光太郎は、戦時下、戦争賛美の詩を作っていたことを恥じ、戦後は疎開先の岩手県花巻市で質素な山小屋生活を送りながら、自らを反省し批判した作品を含む詩集『典型』を書いた。「小屋を埋める愚直な雪、／雪は降らねばならぬやうに降り、／一切をかぶせて降りに降る。」また、青森県より十和田《とわだ》湖畔に建立する記念碑を依頼され、「乙女の像」として完成した。光太郎は、１９５６年肺結核のために死去した。享年73歳だった。

◉朔太郎の美人妹と結婚した詩人三好達治の結婚生活はDV?

三好達治《みよしたつじ》（1900‐1964）は大阪府大阪市出身で、東京帝国大学文学部仏文科に入学し、**梶井基次郎**《かじいもとじろう》らの創刊した同人誌『青空』に参加した。大学卒業後、処女詩集『**測量船**』を刊行して、叙情詩人としての名声を確立した。「雪」という詩はあまりに有名だ。

…………

太郎を眠らせ、太郎の屋根に雪ふりつむ。
次郎を眠らせ、次郎の屋根に雪ふりつむ。

…………

ところで、達治は萩原朔太郎の知遇を得ていた。その朔太郎には美人で聞こえた妹が4人いて、達治は末妹アイと紆余曲折《うよきょくせつ》の末、達治41歳、アイ37歳の時結婚にこぎつけた。ところが生活面の不満・性格不一致の結果、達治はDVを振るうようになり、わずか数年で離婚した。このあたりの事情を詳しく書いているのが、朔太郎の娘・萩原葉子《ようこ》による『**天上の花**』である。

結婚生活に破れた達治は、孤独なまま63歳の時、心臓発作で亡くなった。

明治時代後期から大正時代の文学

芥川龍之介と耽美派

◉芥川龍之介のデビュー作は、意外にも反応が薄かった⁉

『**吾輩は猫である**』を発表して作家活動を開始した漱石の元に、熊本五高以来の教え子や若手文学者が集まった。漱石宅で毎週木曜夕方に行われた会合だったので、「木曜会」と呼ばれ、そこに集まってきた者たちが漱石の門下生とみなされるようになった。

漱石の門下生の中でも、もっとも有名なのは**芥川龍之介**《あくたがわりゅうのすけ》（1892－1927）だろう。

龍之介は秀才中の秀才で、古今東西万巻の書を読み漁り、東京帝大英文科在学中の1915年に、23歳で『**羅生門**』を発表するが、反応はイマイチだった。しかし、さすがに龍之介の作品だけあって完成度は高く、「ある日の暮方の事である。一人の下人が、羅生門の下で雨やみを待っていた。」で始まる『羅生門』は、短編小説の鏡のような見事な終わり方をしている。

> しばらく、死んだように倒れていた老婆が、死骸の中から、その裸の体を起したのは、それから間もなくの事である。老婆はつぶやくような、うめくような声を立てながら、まだ燃えている火の光をたよりに、梯子の口まで、這って行った。そうして、そこから、短い白髪を倒《さかさま》にして、門の下を覗きこんだ。外には、ただ、黒洞々《こくとうとう》たる夜があるばかりである。
>
> 下人の行方は、誰も知らない。

◉漱石の弟子にして秀才・芥川龍之介は芸術至上主義!!

その後、漱石のサロン「木曜会」に出席し、一高で同期だった菊池寛《きくちかん》や久米正雄《くめまさお》らと第四次『新思潮《しんしちょう》』を発刊した。その創刊号に掲載した『鼻』に対して、漱石が龍之介に次のような手紙を送った。

「あなたのものは大変面白いと思ひます。(中略)ああいうものを是から二三十並べて御覧なさい。文壇で類のない作家になれます。」

この励ましに応えるように、龍之介は続けて『芋粥《いもがゆ》』を発表した。

龍之介は当時の主流をなしていた「私小説」の告白的な方法論は取らず、あくまでフィクションによって人間のエゴと醜悪な社会を見つめた。こうした龍之介の厭世的な認識は、人生よりも芸術に意義を見出す芸術至上主義ともなった。また、芥川賞にその名を留めるように、整った文体と緻密な構成の短編が目指された。

◉芥川龍之介の服毒自殺は時代の危機の象徴⁉

龍之介は東京帝大卒業後、海軍機関学校の教職に就きながら作品を発表していた。その頃の作品としては、江戸物と呼ばれる『**戯作三昧《げさくざんまい》**』『**枯野抄《かれのしょう》**』、芸術至上主義をモチーフとする王朝物『**地獄変**』がある。その後、大阪毎日新聞社に入社して創作に専念するようになった。名作『**杜子春《とししゅん》**』などが書かれたが、この頃から心身の不調が進み始めた。

『侏儒《しゅじゅ》の言葉』で、社会や文化の醜さや悪、そして人間の愚かさを痛烈に批判した。「一国民の九割強は一生良心を持たぬものである」「人生は一箱のマッチに似てゐる。重大に扱ふのは莫迦莫迦《ばかばか》しい。重大に扱わなければ危険である」。

そして、告白的自伝**『大導寺信輔《だいどうじしんすけ》の半生』**を書いてみたりもするが、芸術的な形式性を自らの文学的資質とする龍之介に告白小説は合わず、神経衰弱は高じるばかりだった。そこに義兄の自殺とそれに伴う借金の肩代わりや、親友宇野浩二《うのこうじ》の精神病院入院などが重なって、自殺を考えるまでに追いつめられながらも作品を書き続けた。

そして1927年（昭和2年）、「何か僕の将来に対する唯《ただ》ぼんやりした不安である」という遺書を残し、睡眠薬を飲んで自殺した。享年35歳。あまりに早い死だった。遺稿は**『歯車《はぐるま》』『或阿呆《あるあほう》の一生』**。その死は知識人の運命であり、時代の危機を象徴するものとして、社会的に大きな衝撃を与えた。

自殺直前に書いた色紙の一句「水洟《みずばな》や鼻の

◆芥川龍之介

先だけ暮れ残る」が辞世の句とされる。なお、「芥川賞（芥川龍之介賞）」は、文壇で最も権威ある新人文学賞として有名だが、これは龍之介の死後、一高以来の親友で文《ぶん》藝春秋《げいしゅんじゅう》社社主だった菊池寛が制定したものだ。

◉作品よりも芥川賞・直木賞を創設したことで功績大の菊池寛!!

東京帝国大学文科生中心の同人雑誌『新思潮』（第3、4次）によって文壇に出た人たちのことを「**新思潮派**」と呼んだ。その一人である**菊池寛**《きくちかん》（1888－1948）は、京都帝大で上田敏《うえだびん》に師事し、戯曲『**父帰る**』、小説『**恩讐の彼方に**《おんしゅうのかなた》』などを書いた。

しかし、何といっても彼の最大の功績は、1923年（大正12年）に雑誌『**文藝春秋**』を創刊し、親友であった芥川龍之介の名を冠した**芥川賞**（純文学作品対象）と、同じく友人だった**直木三十五**《なおきさんじゅうご》の名を冠した**直木賞**（大衆小説作品対象）を創設したことだろう。

文藝春秋社だけでなく、大映の初代社長を務めるなど実業家として成功した菊池は、日本文藝家協会を設立し、文学者の社会的地位の向上や後進の援助・指導に尽力したが、戦中に従軍記者として作品を発表したり日本文學報國會の議長となるなど、戦争

協力の姿勢を取ったため、戦後はＧＨＱから公職追放され、１９４８年（昭和23年）に狭心症のため満59歳で急死した。

◉エリートの父に反発し、憧れのフランスに逃亡した荷風!!

自然主義の描いた醜悪な現実に対し、西欧世紀末の退廃芸術や悪魔主義にも通じる美に至高の価値を置き、官能的・享楽的な傾向を持つのが「耽美派」だ。その二大巨頭は永井荷風《かふう》と谷崎潤一郎だ。

永井荷風（１８７９-１９５９）はエリート官僚を父に東京で生まれた。東京外語学校に入学するが、文学への熱意が高じて学校は除籍になる。フランスのゾラに刺激を受け、人間の暗い本性を描いた作品で森鷗外に認められ、前期自然主義の代表作家として華々しいデビューを飾った。

しかし、厳格な父の命令で文学を捨てさせられ、渡米して銀行員（現東京三菱ＵＦＪ銀行）として勤めさせられたりするが、荷風には、銀行員という仕事もアメリカという土地も合わなかったようで、４年後には憧れのフランスへと渡った。荷風はその時、「現実に見たフランスは、見ざる以前のフランスよりも、更に美しく、実に優しかった」と書く。

フランスの滞在期間はわずか11ヵ月半だったが、その間演奏会やオペラに親しみ、個人主義や自由な気風を学んで帰国した荷風は、日本と西洋の文明文化の大きな落差を痛感させられ、その体験を『**あめりか物語**』と『**ふらんす物語**』にまとめた。特に、『ふらんす物語』では、夢にまで見た芸術の都、巴里が、荷風によって印象派の絵画のように美しいタッチで描かれている。

かの遠くの燈火《とうくわ》はこの愉快な心地の弥増《いやま》すにつれ、夜の次第に暗くなるに従ひ、一ツ一ツふえて来て、遂《つひ》にあれが燈台、あれが街の灯《ひ》と云ふ区別さへが付く様になつた。

◉踊り子たちと一緒に寝泊まりした晩年の荷風!!

その後、慶應義塾大学の教授に迎えられた荷風は、文芸誌『**三田《みた》文学**』を創刊し、耽美派の拠点として谷崎潤一郎を見出す。私生活では、最初の結婚生活はすぐに破綻し、その後多くの芸妓と関係を持つ中、花柳《かりゅう》界を題材に『**腕くらべ**』など享楽的な作品を執筆した。

やがて大学側と折り合いがつかなくなった荷風は教授職を辞し、『三田文学』からも手を引き、『**断腸亭日乗**《だんちょうていにちじょう》』と題した日記を死ぬまで綴ることになる。1917年（大正6年）の『断腸亭日乗』から一部抜粋してみよう。

十二月十七日。午後九段を歩む。市ヶ谷見附《いちがやみつけ》の彼方に富嶽《ふがく》を望む。病来散策する事稀なれば偶然晩晴の富士を望み得て覚えず杖を停む。燈下バルザックのイリユージヨンペリユデイを繙読《はんどく》す。就床前半時間ばかり習字をなす。

『断腸亭日乗』には関係した女性の名も記されているが、当時の風俗や世相を知る上で貴重な文化遺産といえる。そして、荷風が私娼窟に通いつめた日々が『**濹東綺譚**《ぼくとうきたん》』として結実した。

その後、荷風は文化勲章を受けながらも、浅草のストリップ劇場に通い、踊り子たちと一緒に寝泊まりするなど最晩年まで狷介《けんかい》孤高《ここう》で気ままに生き、最後は79歳で孤独死した。

◉女性の官能美の極致を処女作にして描き切った谷崎潤一郎

谷崎潤一郎《たにざきじゅんいちろう》（1886‐1965）は東京生まれで、「神童」といわれた少年時代を過ごしたが、父が事業に失敗したため、周囲の助けを借りながら一高、東京帝国大学国文科と進学した。しかし、結局経済的に困窮し学費未納により中退した。その頃同人誌『新思潮』に書いた『**刺青**《しせい》』が永井荷風に賞賛され、反自然主義の新進作家となった。

『刺青』のあらすじは以下のようだ。「清吉という刺青の彫り師が、本当に自分の納得する美女の体に己の魂を彫り込みたいという宿願を持っていた。しかし、満足する女を見つけられずに過ごしていた中、駕籠《かご》の簾《すだれ》から女の足がこぼれているのを見て、清吉はこれぞ自分の求めていた女だと確信したのだった」。

この作品が今から100年以上前の1910年（明治43年）に発表された、潤一郎の処女作であることに今更ながら驚かされる。まだ24歳になったばかりの若者の筆によるものとは到底思えない。「すべて美しい者は強者であり、醜い者は弱者であつた。」と書いた後、理想の女性を見つけた清吉の目に映る女の足の官能美の描写がすごい。

拇指《おやゆび》から起つて小指に終る繊細な五本の指の整ひ方、絵の島の海辺で獲れるうすべに色の貝にも劣らぬ爪の色合ひ、珠のやうな踵《きびす》のまる味、清冽な岩間の水が絶えず足下を洗ふかと疑はれる皮膚の潤沢。

◉巨匠の名をほしいままにし、何度もノーベル賞候補になった潤一郎!!

処女作にしてフェティシズムの極致を極めた潤一郎は、その後も旺盛な作家活動を展開し、荷風とともに「耽美派」と呼ばれるようになった。悪魔主義とも呼ばれる潤一郎文学の集大成といえるのが、『**痴人《ちじん》の愛**』だ、これは、女性を自分好みに育てたい男が、逆に奴隷となって破滅していくさまを描いた作品。また、古典的文体による伝統的な物語様式をとった『**春琴抄《しゅんきんしょう》**』も名作で、潤一郎は「文豪」の名をほしいままにする。

◆佐藤春夫と谷崎潤一郎

潤一郎は、戦時下においても『源氏物語』の現代語訳に取り組み、大作『細雪《ささめゆき》』に着手するなどし、軍部や警察から中止命令を受けても、ひそかに書き続けた。

「こいさん、頼むわ。――」

鏡の中で、廊下からうしろへ這入《はい》って来た妙子《たえこ》を見ると、自分で襟《えり》を塗りかけていた刷毛《はけ》を渡して、其方《そちら》は見ずに、眼の前に映っている長襦袢《ながじゅばん》姿の、抜き衣紋《えもん》の顔を他人の顔のように見据《みす》えながら、

「雪子ちゃん下で何してる」

と、幸子《さちこ》はきいた。

大阪船場の旧家の四姉妹の生き方を描いた『細雪』は、上方の優美な生活を描いたもので映画にもなったが、これは関東大震災後に関西に移住して、日本の伝統文化に触れた潤一郎の日本的古典美の結晶と言える作品だ。

そして、戦後には何度もノーベル賞候補になるなど日本を代表する巨匠となった潤一郎は、1965年（昭和40年）、79歳で死去した。

◉友人の妻に横恋慕した結末やいかに⁉

潤一郎が35歳の時、妻千代《ちよ》と**佐藤春夫**《さとうはるお》（1892-1964）とがお互いに恋したことを知った潤一郎は、春夫に千代を譲ることを約束し「譲り状」を書いた。「我等三人此度合議を以て千代は潤一郎と離婚致し春夫と結婚致す事と相成」と。しかし、潤一郎はその約束を反故《ほご》にする。

裏切られ落胆した春夫は潤一郎と絶交し、田舎に帰ってしまう。春夫がその頃の気持ちを歌ったのが「あはれ秋風よ情あらば伝へてよ」で始まる『**秋刀魚**《さんま》**の歌**』だ。詩の最後のところを引用する。

さんま、さんま、
さんま苦いか塩つぱいか。
そが上に熱き涙をしたたらせて
さんまを食ふはいづこの里のならひぞや。
あはれ

……げにそは問はまほしくをかし。……

この事件から5年後、潤一郎と春夫は和解する。そして、その後潤一郎と離婚した千代は春夫と再婚したのだった。「譲り状」から約9年の年月が流れていた。

◉門弟3000人。ラジオの録音中に亡くなった佐藤春夫!!

谷崎潤一郎の妻を譲り受けた佐藤春夫は、和歌山県新宮で医師の長男として生まれたが、医師ではなく文学を志すようになり、慶應義塾大学文学部予科に入学し、当時教授だった永井荷風に学んだ。

やがて、『スバル』『三田文学』に叙情詩などを発表して注目を集めるとともに、画家としての才能も発揮し、「二科展」に入選している。1918年（大正7年）に小説『**田園《でんえん》の憂鬱《ゆううつ》**』を発表して新進作家としての地位を確立し、続けて『**殉情詩集《じゅんじょう》**』を発表し、小説家・詩人として認められた。

谷崎潤一郎の妻千代と10年がかりで結婚した春夫は、戦中、戦後も多岐に及ぶ創作活動を続け、芥川賞の選考委員にもなったが、1956年（昭和31年）に芥川賞受賞作品『太陽の季節』をめぐっては、強固な反対派として、賛成派の**舟橋聖一**《ふなはしせいいち》と激しく応酬した。

春夫は芥川賞の選考委員を27年間つとめたり、文芸誌の創刊に尽力したため、「門弟3000人」といわれるくらい門人が多く、**井伏鱒二**《いぶせますじ》、**太宰治**《だざいおさむ》、**檀一雄**《だんかずお》、**吉行淳**《よしゆきじゅん》**之介**《のすけ》、**柴田錬三郎**《しばたれんざぶろう》、**遠藤周作**《えんどうしゅうさく》、**安岡章太郎**《やすおかしょうたろう》など、そうそうたる顔ぶれの後輩たちに慕われた。また、法政大学、慶應義塾普通部など数多くの校歌を作詞した。

1964年（昭和39年）、自宅でラジオの収録中、心筋梗塞で急逝した。享年72歳。

昭和初期から戦時下の文学状況

新感覚派からプロレタリア文学まで

◉昭和初期は大衆文学が大流行!!

昭和時代に入ってから**吉川英治**《よしかわえいじ》（1892-1962）が高い人気を得て、『鳴門秘帖《なるとひちょう》』『宮本武蔵《みやもとむさし》』などの大衆小説で国民文学作家と呼ばれた。時代小説では、**大佛次郎**《おさらぎじろう》（1897-1973）が『鞍馬天狗《くらまてんぐ》』シリーズで人気を博した。大佛次郎は、生涯で500匹以上の猫を飼った猫好きで有名であり、猫に関する随筆や童話も残している。

探偵小説（現在では「推理小説」と呼ばれる）では、**江戸川乱歩**《えどがわらんぽ》（1894-1965）が1924年（大正13年）に発表した『D坂の殺人事件』で、のちの名探偵明智小五郎《あけちこごろう》が初登場し、その後『怪人二十面相《かいじんにじゅうめんそう》』などの数多くの探偵小説で、少年読者に圧倒的な人気を得た。

◉新感覚派のリーダー横光利一は失意のうちに世を去った⁉

第一次大戦後ヨーロッパの文学や芸術の流行が入るようになった東京で、それにいち早く影響された若者達が『文藝《ぶんげい》時代』を創刊した。そのメンバーには**横光利一《よこみつりいち》**（1898-1947）、**川端康成《かわばたやすなり》**（1899-1972）らがいて、彼らの文学運動を**新感覚派**と呼ぶ。

生涯の親友ともなった横光利一と川端康成だが、のちに日本人初となるノーベル文学賞を受けた川端に対して、今でこそ知名度で川端の後塵を拝しているものの、1930年代においては、横光はとても人気のある作家だった。

『文藝時代』創刊号に掲載された横光の『**頭ならびに腹**』の名高い冒頭部分を挙げてみよう。

……………

真昼である。特別急行列車は満員のまま全速力で馳けてゐた。沿線の小駅は石のやうに黙殺された。

……………

比喩を駆使しながら、特急列車の速度を感じさせる文体は、斬新な感覚をはらんでいるとされ、リアリズム中心の文壇で物議を醸《かも》すことになった。

横光はその後も傑作を発表し、新感覚派の集大成となる長編『**上海**《シャンハイ》』を書いた後、新心理主義への転換を告げる『**機械**《きかい》』を書く。その後も流行作家として作品を書き続けるが、戦後、文学者としての戦争責任を問われた横光利一は、失意の中、49歳で世を去ることになった。

◉ノーベル文学賞受賞の川端康成の作品冒頭は超有名!!

横光利一の親友で新感覚派の**川端康成**は大阪生まれで、東京帝国大学国文科卒。なんといってもノーベル文学賞を受賞したことで有名だ。新感覚派の真骨頂ともいえる日本的抒情文学の最高峰ともいえる文体の持ち主で、特に作品冒頭部分は印象的で有名なものが多い。

…………

国境の長いトンネルを抜けると雪国であつた。
夜の底が白くなつた。信号所に汽車が止まつた。

…………

『**雪国**《ゆきぐに》』を読んだことのない人でも知っているこのフレーズは、まるで自分も汽車に乗って長いトンネルを抜け、突然目の前に広がる真っ白い雪の景色を想像させる。

道がつづら折りになって、いよいよ天城峠《あまぎたうげ》に近づいたと思ふ頃、雨脚が杉の密林を白く染めながら、すさまじい早さで麓《ふもと》から私を追つて来た。

これも有名な『**伊豆の踊子**《おどりこ》』の冒頭だが、「雨足」が「私」を追ってくる様子が、これほどまでにリアルに感じられるのは、一見具体的で写生的に見える表現が、実は抽象的で感覚的であるという川端一流の筆力によるものだろう。

世界的な名声を勝ち得た川端であったが、ガス自殺で自ら命を絶った。72歳だった。

◆川端康成

◉堀辰雄の「風立ちぬ、いざ生きめやも」は誤訳だった⁉

堀辰雄《ほりたつお》（1904-1953）は、東京帝国大学国文科を卒業後、芥川龍之介に師事した。当時、不治の病であった結核に侵された人達の生活を描いたサナトリウム文学の代表作家といえる。辰雄は結核患者として死を凝視し、知的抒情に満ちた密度の濃い独自の文学を創造している。

ところで『**風立ちぬ**』の冒頭近くの次の台詞は、美しく印象深い句なのだが、誤訳である可能性が高い。

……風立ちぬ、いざ生きめやも。……

この辰雄の訳した「風立ちぬ、いざ生きめやも」の意味は、「風が吹いた、さあ、生きるのだろうか、いや、生きないだろうなぁ」となるが、元となるヴァレリーの詩の一節「Le vent se lève, il faut tenter de vivre」を直訳すると、「風が吹いた、生きることを試みねばならない」となる。

堀辰雄の訳だと、生きることを諦めて「死んでもいい」という意味になってしまい、ヴァレリーの詩とはまるで正反対の意味になってしまうのだが、現代人にとってこの誤訳の「生きめやも」という音の響きは、「生きよう！」という肯定的なニュアンスに聞こえてしまうのが不思議なところだ。

堀辰雄の最初にして唯一の長編小説**『菜穂子《なおこ》』**に出てくる主人公の菜穂子という名前は、ジブリ映画の『風立ちぬ』でヒロインの名前として使われている。

◉珠玉の短編を遺して31歳の若さで亡くなった梶井基次郎!!

梶《かじ》井《い》基《もと》次《じ》郎《ろう》（1901－1932）は、終生不遇なまま31歳の若さで肺結核で亡くなった。残されているのはわずか20篇余りの短編だが、死後多くの作家たちから高い評価を受け、**『檸檬《れもん》』『城のある町にて』『桜の樹の下には』**など珠玉の作品は、今でも読み継がれている。

梶井は大阪市で生まれたが、父が転勤族だったことも手伝って、31年間の短い生涯に20回以上も転居している。

第三高等学校理科に入学するが、文学と遊びに熱中し、5年かかってやっと卒業し、文転して東京帝国大学文学部英文科に進んだ。しかし、そこでも退廃的生活を送り、結局大学を中退してしまう。当時の日記に「昨日は酒をのんだ、そしてソドムの徒となった。」と記しているように、基次郎の酒癖は悪く、まわりに迷惑をかけっぱなしであった。

大学在学中に、梶井は友人たちと文芸雑誌『青空』を創刊して、「檸檬《れもん》」を発表したが反響はあまりなかった。

梶井の作品は、身辺を題材にした心境小説が多いが、鋭敏繊細な感受性による詩人的側面の強い特異な作品を創り出した。『桜の樹の下には』の冒頭部分だ。

桜の樹の下には屍体《したい》が埋まっている！

これは信じていいことなんだよ。何故って、桜の花があんなにも見事に咲くなんて信じられないことじゃないか。

◉95歳まで飄々《ひょうひょう》と生きた井伏鱒二!!

井伏鱒二《いぶせますじ》（1898－1993）は広島に生まれ、早稲田大学文学部仏文学科を中退した。太宰治の師匠としても知られる鱒二は、戦前から戦後の長きに渡り文学活動を継続した。

戦前には『**山椒魚**《さんしょううお》』『**ジョン萬次郎**《まんじろう》**漂流記**《ひょうりゅうき》』（直木賞を受賞）、戦後には『**本日休**《ほんじつきゅう》**診**《しん》』『**黒い雨**』などの作品がある。鱒二独特の語り口で、淡々と描写されるペーソスとユーモアの中に鋭い風刺精神が込められている。

『山椒魚』のあらすじはこんなものだ。「渓流の岩屋に安穏と暮らしていた山椒魚は、気がつくと頭が大きくなり過ぎて外に出られなくなり、メダカたちに笑われる。馬鹿にされた山椒魚は悲嘆にくれ、孤独ですすり泣く。そしてたまたま岩屋に紛れ込んだ蛙を、悪意から閉じ込めて外に出られなくしてしまう。山椒魚と蛙とは反目しあったまま二年の年月が過ぎていく」。

なんだかとてもシュールな作品だが、実際に読んでみるとなんともいえないユーモア、あるいは不思議なペーソスの感じられる作品だ。

于武陵《うぶりょう》の五言絶句「勧酒《かんしゅ》」を鱒二が訳したものに、「ハナニアラシノタトヘモアルゾ『サヨナラ』ダケガ人生ダ」がある。

鱒二の自宅は荻窪《おぎくぼ》にあり、そこでの生活を記したのが『**荻窪風土記**《ふどき》』だ。庶民の街・荻窪を足の赴くままに散歩し、好きなものを食べ歩いた鱒二は、95歳で大往生を遂げた。

◉虎に変身する『山月記』を書いた中島敦は33歳で夭折す!!

中島敦《なかじまあつし》（1909－1942）は、東京四谷で漢学者の家系に生まれた。後年、作家として高く評価される格調高い漢文調の敦の文体は、幼い頃からの環境で身に付けたものだった。その後、東京帝国大学国文学科に入学するが、病弱で喘息の発作に苦しんだ。

東京帝大卒業後、教員のかたわら小説を書き始め、その後教職を辞して南洋庁の書記官となり、療養もかねてパラオに渡った。この時、作家の友人に『**山月記**《さんげつき》』など数編を託したものが文壇デビュー作となり、さらにパラオで執筆した『**光と風と夢**』が注目を集めて芥川賞候補となった。

……人生は何事をも為さぬには余りに長いが、何事かを為すには余りに短い……

これは中島敦の代表作『山月記』の中で、主人公が自分の挫折を自嘲していう言葉だ。主人公の青年は、高い自負心を持ち、名声や金銭への野心にとりつかれる。そしてその妄執ゆえに虎に変身するが、それでもなお我執を捨てきれない哀れな姿を描いた傑作だ。

パラオから日本に戻った敦は創作に専念し、『**弟子**《でし》』『**李陵**《りりょう》』など数編を執筆するが、これらを発表する前に持病の喘息が悪化し、33歳で夭折した。

◉プロレタリア文学作家小林多喜二、特高に惨殺される!!

大正後期になると、マルクス主義が知識層に普及し始め、それは文壇にも影響を与え、やがて**プロレタリア文学**として結実する。それまでの「私小説」のような個人主義的な文学を否定し、社会や国家との関係を前提に、社会主義思想や共産主義思想と結びついた文学である。

そのプロレタリア文学の代表的な作家である**小林**《こばやし》**多喜二**《たきじ》（1903-1933）は、秋田県の貧農の家に生まれた。貧しい中、高校時代から文学活動に取り組み、高校卒業後、北海道拓殖銀行に就職した。しかし、1928年3月15日に日本共産党員およびその同調者と目される1568人を検挙する大弾圧事件が起きたのをきっかけに取り組み、完成した作品『**一九二八年三月十五日**』は、特別高等警察（略して特高）がいかに残虐であるかを、拷問《ごうもん》される共産党員の姿を描いて世間に知らしめた。

翌年発表した『**蟹工船**《かにこうせん》』は、大財閥と軍隊の癒着を告発した作品だった。「おい地獄さ行《え》ぐんだで！」で始まる『蟹工船』で描かれたのは、酷使される労働者であり、人間として扱われない憤りからストライキを決行したものの、帝国海軍に裏切られて連行される彼らの姿だった。しかし、彼らは諦めない。

「俺達には、俺達しか味方が無えんだ」

それは今では、皆の心の底の方へ、底の方へ、と深く入り込んで行った。――

「今に見ろ！」（中略）

「ん、もう一回だ！」

そして、彼等は、立ち上った。――もう一度！

しかし、当時において帝国軍隊、ひいては天皇制を批判することはタブーであった、

『蟹工船』は『一九二八年三月十五日』と共に発禁処分を受け、また多喜二は不敬罪に問われ、銀行から解雇された。特高に追われることになった多喜二は地下活動に入ったが、1933年2月20日、逮捕される。そして、そのわずか数時間後、東京築地署内で特高の拷問によって虐殺された。29歳の若さだった。

第6章 CHAPTER 6

現代

GENDAI

中古の文学まとめ

① いつの時代?……

第二次世界大戦以降、現在に至るまで。

② ひとことで言うと……

戦前までの「○○主義」等でくくられる傾向のはっきりした作家群から、作家の個性が多様化し、文壇が消滅した。ネットの普及によるテキスト形態の変化が文学に与える影響も見落とせない。

③ 押さえておきたい作家……

坂口安吾・太宰治・井上靖・三島由紀夫・安部公房・司馬遼太郎・大江健三郎・村上龍・村上春樹・西脇順三郎・谷川俊太郎・寺山修司・小林秀雄

戦後の文学状況
無頼派の活躍

◉戦後の文学状況は？

1945年（昭和20年）、日本はポツダム宣言を受諾して連合国側に無条件降伏した。そして、マッカーサー司令官のGHQによる占領の時代が始まった。

占領下ではあったが、文学活動は一気に盛んになる。まず、戦前から活躍し、戦時下の統制の中でも自らの文学を守り通した志賀直哉、永井荷風、谷崎潤一郎、川端康成などが復活した。また、戦時下に言論弾圧を受けて活動を制限されていた宮本百合子《みやもとゆりこ》、徳永直《とくながすなお》、中野重治《なかのしげはる》などプロレタリア文学の作家たちも挫折の反省の上に立ち民主主義文学の活動を再開した。

そして、戦後の混乱した世相を写して人気となった**無頼派**《ぶらいは》（**新戯作派**《しんげさくは》）と呼ばれた、太宰治、坂口安吾《さかぐちあんご》、壇一雄、織田作之助《おださくのすけ》らが大活躍していく。

◉戦時下でも反権力だった「偉大なる落伍者」坂口安吾!!

坂口安吾（1906-1955）は新潟の名家に生まれ、父は新聞社社長や衆議院議員を務めていた。しかし、自伝に書いているように、「私の家は昔は大金満家であったようだ。徳川時代は田地のほかに銀山だの銅山を持ち阿賀野川の水がかれてもあそこの金はかれないなどと言われたそうだが、父が使い果たして私の物心ついたときにはひどい貧乏であった。」というありさまだった。

安吾は勉強嫌いで「落伍者」を夢見ていた。「私は新潟中学というところを三年生の夏に追い出されたのだが、そのとき、学校の机の蓋の裏側に、余は偉大なる落伍者となっていつの日か歴史の中によみがえるであろうと、キザなことを彫ってきた。」と回想している。

1931年、25歳で『**風博士**《かぜはかせ》』を発表し、これが牧野信一《まきのしんいち》に激賞され世に出ることとな

◆坂口安吾

った。国粋主義全盛、戦時下の1943年、エッセイ『**日本文化私観**』を発表。「必要ならば、法隆寺をとりこわして停車場をつくるがいい。我が民族の光輝ある文化や伝統は、そのことによって決して亡びはしないのである」と合理主義精神に基づく反権威の姿勢を打ち出した。

◉戦後、坂口安吾は一躍時代の寵児となる

そして戦争は終わり、多大な混乱の中、1946年エッセイ『**堕落論**《だらくろん》』を発表する。

人間は堕落する。義士も聖女も堕落する。それを防ぐことはできないし、防ぐことによって人を救うことはできない。人間は生き、人間は堕ちる。そのこと以外の中に人間を救う便利な近道はない。

安吾は逆説的な表現でそれまでの倫理観を否定し、明日への一歩を踏み出すための指標を示した。これは敗戦直後の人々に衝撃を与えた。

続いて『堕落論』を小説化したともいえる『**白痴**《はくち》』を発表。太宰治や織田作之助ら

と交遊し、既成のモラルや文学への反逆と現実への絶望とを、自虐的に描いて無頼派（新戯作派）と呼ばれた。

推理小説『**不連続殺人事件**』や、満開の桜の下を通った人間は発狂してしまうと恐れる山賊の話『桜の森の満開の下』など、ヒロポン（当時合法だった覚醒剤）を服用しながら旺盛な執筆欲をみせた。

しかし、太宰の心中に衝撃を受け、ヒロポンや睡眠薬の量が増えていった。精神錯乱は酷くなり警察沙汰も増えていった。第一子となる長男が生まれて落ち着いたのも束の間、脳内出血により48歳で急死した。小説の遺作のタイトルは『**狂人遺書**』。

◉「遺書」として書いた『晩年』で芥川賞を切望したが、受賞できなかった太宰治!!

太宰治（1909-1948）は青森津軽の大地主である津島家に生まれる。衆議院議員の父は多忙、母は病弱で、乳母や子守に育てられた。中学で作家になる決意を固めた太宰は、進学した弘前《ひろさき》高校時代、学業そっちのけで、芸妓と交際を始め、また社会主義組織にも関わり、新興成金で搾取階級である自身に負い目を感じていった。そして20歳の時、睡眠薬による自殺を図るが未遂に終わった。
東京帝国大学仏文科に入学し**井伏鱒二**に師事したが、今度は女性と心中を図って女性だけを死なせてしまう。太宰は生き残った罪悪感に苛《さいな》まれながら、芸妓と同棲を始め、一層退廃的な生活へと落ち込んでいった。そこで死を意識し、遺書としての小説を書き始めた。それがのちに『**晩年**《ばんねん》』としてまとめられたものだ。太宰は「もの思う葦」で次のように回想している。

「晩年」は、私の最初の小説集なのです。もう、これが、私の唯一の遺著になるだろうと思いましたから、題も、「晩年」として置いたのです。

太宰は第一回の芥川賞候補に選ばれたものの、結果は『**蒼氓**《そうぼう》』の**石川達三**《いしかわたつぞう》が受賞して落選してしまった。その後、太宰は芥川賞を切望するが、とうとう受賞できなかった。

◉罪と苦悩の自画像『人間失格』、そして絶筆『グッド・バイ』

その後、井伏の紹介で結婚して、作品も明るく透明感のあるものに変わり、『**富嶽**《ふがく》**百景**《ひゃっけい》』『**走れメロス**』などが書かれた。

だが戦後、民主主義の建前の下、文壇はもちろん国民が戦前のように同じ方向へ流されていくのを見て絶望、『**トカトントン**』などで批判し、自身は再び破滅的な方へと傾斜していった。

太宰は、坂口安吾や石川淳、織田作之助らとともに新戯作派や無頼派と呼ばれることとなり、人気作家になっていく。当時交際していた女性の日記を下敷きにして書いた『**斜**《しゃ》**陽**《よう》』は、滅びていく貴族の女性が新たな倫理を希求する姿を描き、「斜陽族」という流行語が生まれるほどの評判となった。

しかし、心身の健康は酒や薬物によって蝕《むしば》

◆太宰治

まれており、破滅していく己を見つめながら1948年（昭和23年）『人間失格《にんげんしっかく》』を書いた。この自伝的小説において、罪と苦悩の自画像を自虐的なまでに語った。

人間、失格。
もはや、自分は、完全に、人間で無くなりました。（中略）
ただ、一さいは過ぎて行きます。

そして連載中の『グッド・バイ』を遺し、美容師の女性と玉川上水に身を投げた。赤い紐で結ばれた二人の遺体が発見されたのは6月19日で、太宰の39歳の誕生日に当たる。彼の好物だった桜桃にちなんでその日は「桜桃忌《おうとうき》」と呼ばれている。

◉最後の無頼派と呼ばれた檀一雄

檀一雄《だんかずお》（1912-1976）は、東京帝国大学経済学部在学中に浪漫派として出発し、太宰治や井伏鱒二、中原中也を知り、佐藤春夫に師事することとなった。親友太宰からはよく自殺の誘いがあり、二人で実行に移しかけたこともあった。

『花筐《はながたみ》』を発表し、出世作となる。母の勧めで高橋律子と結婚。彼女は若くして亡くなるが、『リツ子・その愛』『リツ子・その死』の連作で檀は亡き妻を描いた。『真説《しんせつ》石川五右衛門《いしかわごえもん》』で1951年（昭和26年）の直木賞を受賞した。

1955年（昭和30年）、代表作となる『火宅《かたく》の人』の一編が発表される。それは連作という形で20余年に渡り、死の間際まで書き継がれることになるのだが、その内容はというと、不倫も含めた檀の私生活の暴露である。

1975年（昭和50年）、悪性の肺がんで入院した檀は、死の床で、『火宅の人』を口述筆記により完成させ、これが遺作となった。料理の腕前は文壇随一で、料理に関する本も多数書いている。長女は女優の檀ふみである。

◉反逆とデカダンスの無頼派、織田作之助の好物はカレー!?

織田作之助《おださくのすけ》（1913-1947）は大阪市生まれ。三高に進むも卒業試験中喀血し、中退した。その後、作家活動を開始し、芥川賞候補になって注目を集めた次の年、1940年に発表した『**夫婦善哉《めおとぜんざい》**』で、大阪の下町にたくましく生活する庶民の姿を生き生きと描いて注目された。『夫婦善哉』はこんな書き出しで始まっている。

年中借金取が出はいりした。節季はむろんまるで毎日のことで、醤油屋、油屋、八百屋、鰯屋、乾物屋、炭屋、米屋、家主その他、いずれも厳しい催促だった。

戦後は庶民的視点で世相を描いて人気作家となり、「オダサク（織田作）」の愛称で親しまれ、太宰治や坂口安吾ら無頼派（新戯作派）の一人として活躍した。また、『可能性の文学』など優れた評論も残している。しかし、反逆とデカダンスの生活がたたったのか、1946年、執筆中に結核による大量吐血し入院、そのまま帰らぬ人となった。

ちなみにオダサクは、難波《なんば》にある「大阪名物自由軒のカレー」が大好物で、毎日のように食べていたという。

孤高の天才作家たち

詩・戯曲・批評

◉7度ノーベル文学賞の候補になるも受賞を逃した西脇順三郎!!

日本でよりも海外での評価が高い詩人として西脇順三郎《にしわきじゅんざぶろう》（1894-1982）が挙げられる。西脇は、1958年（昭和33年）に谷崎潤一郎とともにノーベル文学賞の候補者になると、その後も1960年から1965年までの間、毎年候補になった。

西脇は現在の新潟県小千谷《おぢや》市で生まれた。慶應義塾大学理財科予科に入学。イギリスに留学して帰国後は慶應義塾大学文学部教授に就任し、『三田文学』を中心にモダニズム・ダダイスム・シュルレアリスム運動の中心人物として批評活動を開始した。

大学の卒論をすべてラテン語で書くくらい外国語オタクだった西脇だったが、萩原朔太郎の『月に吠える』を読んで日本語による詩作の可能性を確信し、1933年（昭和八年）限定300部の詩集『**Ambarvalia**（**あむばるわりあ**）』を上梓して、実作者としても詩壇から高く評価された。

（覆された宝石）のやうな朝
何人か戸口にて誰かとさゝやく
それは神の生誕の日。

これは、「ギリシア的抒情詩」の一つとして発表された「天気」という次の詩だが、たった三行の詩で表現された世界は、それまでの日本の文学土壌や言語感覚からまったく切り離されたものだった。

戦時中は詩の発表をやめ学術研究に没頭するが、戦後になって**『旅人かへらず』『近代の寓話』**などを次々と発表し、国際的な詩人として名をはせた。残念ながらノーベル文学賞は受賞ならぬまま88歳の生涯を閉じた。

◉世界中に読者を持つ、多彩な活動の谷川俊太郎

谷川俊太郎《たにかわしゅんたろう》（1931－）は、詩人であるだけでなく、翻訳家、絵本作家、脚本家

としても多彩な活躍をしている。哲学者で法政大学総長の谷川徹三《てつぞう》を父に持ち、1952年（昭和27年）には処女詩集『**二十億光年の孤独**』を刊行する。三好達治が序詩を寄せて絶賛したように、この詩集は、みずみずしい抒情がほとばしり、画期的で清新な言葉に満ちていた。「万有引力とは　ひき合う孤独の力である」のように、一見簡単に見える言葉で深い内容を示唆したものであった。

1962年（昭和37年）に「月火水木金土日のうた」で第4回日本レコード大賞作詞賞を受賞した。並行して、脚本・映画・絵本などの分野でも活動し、翻訳の分野では『マザー・グースのうた』が有名だ。

◉アンダーグラウンド文化の巨人、寺山修司

寺山修司《てらやましゅうじ》（1935-1983）は、青森県弘前市に生まれ、父は警察官だったという。貧しく因習の濃い土地柄と、米軍基地に出稼ぎして離れ離れになった母親の存在が創作のモチーフとなった。

マザコンで田舎者であるという負の要素を、小説以外のあらゆる表現分野で昇華させ、世の中を騒がせた20世紀のアンダーグラウンド文化の巨人だった。

早稲田大学教育学部国文学科に入学した寺山は、大学時代から才能を発揮して認められ、ラジオドラマを書いたり、映画のシナリオを担当したりする。

その後、劇団**「天井《てんじょう》桟敷《さじき》」**を結成し、「青森県のせむし男」で旗揚げ公演をする。そして、エッセイ**『書を捨てよ、町へ出よう』**を刊行し、ブームを巻き起こした。

1970年（昭和45年）、『あしたのジョー』のキャラクター力石《りきいし》徹《とおる》が、漫画内で亡くなったのを受けて実際に葬儀を執《と》り行い、葬儀委員長を務めた。また、映画**『田園《でんえん》に死す』**で数々の賞を受賞した。競馬の大ファンでもあった。

しかし、次第に肝硬変で入退院を繰り返すなど体調が悪化し、1983年（昭和58年）死去。享年47歳。疾走し続けた人生だった。

◆寺山修司

◉批評を芸術に高めた小林秀雄

小林秀雄《こばやしひでお》（1902-1983）は、近代日本の文芸評論の確立者であると同時に、その独自の男性的な文体と鋭い洞察力と審美眼に貫かれた内容は、批評というジャンルを超えた一種の芸術作品と言える。

小林は、第一高等学校在学中に同人誌を創刊し、ランボーに傾倒しながら小説を書いていた。東京帝国大学仏文科を卒業後、1929年（昭和4年）に、『**様々なる意匠**《さまざまなるいしょう》』が雑誌『改造』の懸賞評論論二席入選作となった。この前後に、女優の長谷川泰子《はせがわやすこ》をめぐって中原中也と三角関係になったが、同棲生活に疲れた小林秀雄が泰子のもとを出奔《しゅっぽん》し別れるという事件があった。

その後、川端康成らと『文學界』を創刊したり、明治大学の教授をしたりしつつ、批評家としての地位を確立する作品を書き続けた。批評の対象としては、哲学者ベルグソン、フランス象徴派の詩人たちやドストエフスキー、果てはモーツァルトやゴッホに及び、国内では泉鏡花・志賀直哉らの作品など、小林独自の興味関心の赴《おもむ》くまま、鋭い一流の鑑識眼による批評が展開された。

小林は『当麻《とうま》』という作品の一節にある、「美しい「花」がある、「花」の美しさという様なものはない」等の逆説的で含蓄深く、男性的魅力に溢れた力強い文章を得意とした。晩年、保守文化人の代表者と目され、連載12年に及ぶ大作『**本居宣長**』を書き80歳で亡くなった。

現代作家1 野間宏から中上健次まで

◉第一次戦後派作家は戦争の意味を文学で問いかけた!!

第一次戦後派と呼ばれる作家は、1946年~1947年に日本文学の分野に現れた新人たちだが、戦前に比べると必ずしも「○○主義」「○○派」といえるような文学的業績や傾向が一致した集団ではない。主として、野間宏《のまひろし》、梅崎春生《うめざきはるお》、椎名麟三《しいなりんぞう》などに代表されるように、戦争体験の与えた意味を文学作品で真剣に問うた作家たちを指す。

野間宏（1915-1991）は神戸生まれで京都帝国大学仏文卒。小説家としてだけでなく、評論家としても社会的な発言を多く行った。敗戦後、日本共産党に入党し、自らの体験をもとに戦中の青春を描いた『**暗い絵**』を発表。さらに映画や舞台にもなった長編『**真空地帯**』で、戦後派の第一人者となった。75歳で亡くなるが、最晩年に至るまで、差別などの社会問題を追究した。

武田泰淳《たけだたいじゅん》（1912-1976）は、東京帝国大学在学中左翼運動に加わるが、逮捕されて転向した。戦後は第一次戦後派作家として活躍した。『**ひかりごけ**』は人肉食事件をテーマにした問題作だ。

◉第二次戦後派作家は、世界に羽ばたく作品を創造した!!

第二次戦後派作家は、1948年~1949年頃に文壇に登場した新人作家を一つの世代として括《くく》ったものだが、それはあくまで便宜上のものであり、第一次戦後派作家以上に個々の作家の個性にばらつきがある。

というのも、この世代は日本独自に発達した「私小説」の手法を捨てて、西欧の文学理論や二十世紀小説の手法を取り入れ、世界に通用する文学を創造したからで、三島由紀夫や安部公房などはノーベル賞候補に挙げられた。

第二次戦後派作家の一人、**大岡昇平**《おおおかしょうへい》（1909-1988）は京都帝国大学文学部在学中に中原中也らと同人雑誌『白痴群』を創刊し、スタンダールに傾倒した。第二次大戦時、フィリピンの島に従軍し、捕虜となって敗戦を迎える。この経験をまとめたのが『俘虜記《ふりょき》』だ。代表作『野火《のび》』は、戦場における人間性、中でも人肉食という倫理問題を追究した。

◉遅咲きの井上靖、ノーベル文学賞を逃す!!

第二次戦後派とほぼ同じ時期にデビューした**井上靖**（1907-1991）は、現代小説から歴史小説、はたまた『**天平の甍**《てんぴょうのいらか》』『**敦煌**《とんこう》』などの西域を舞台にしたものや、自伝的小説『**あすなろ物語**』まで幅広く手掛け、多くの読者を獲得した作家だ。

生家は代々医者だったが、京都帝国大学哲学科に進んだ井上はほとんど大学には通わず小説を書いたり同人誌を作ったりしていた。卒業後は毎日新聞社に入社し、戦時中は執筆を中断していた。

1949年（昭和24年）、『**闘牛**』を発表すると次の年の芥川賞を受賞し、作家として独立した。42歳の遅咲きのスタートだった。しかしその後、堰《せき》を切ったように名作を次から次へと発表し、83歳で急性肺炎のため死去するまで息長く活躍した。井上の作品は映画やドラマにもなり、世界の各国語に翻訳され、ノーベル文学賞の候補に何度か挙がったが、残念ながら受賞は逃した。

◉天才は天才を知る。川端と三島の出会い

第二次戦後派作家を代表する**三島由紀夫**《みしまゆきお》（1925－1970）は、学習院高等科を首席で卒業するほどの秀才だった。

すでに16歳の時に『**花ざかりの森**』を発表し、本名の「平岡公威《ひらおかきみたけ》」ではなく、「三島由紀夫」のペンネームを使用して作品を書き続けていた三島は、1946年（昭和21年）に鎌倉に住む川端康成を訪ねて認められ、生涯の師弟関係になる。

東京帝国大学法学部を卒業した後、大蔵省に入省した三島だったが、作家と官僚の無理な二重生活は続かず1年に満たず大蔵省を辞め、作家稼業に専念することになった。そして1949年（昭和24年）に、同性愛の苦悩を告白した『**仮面の告白**《かめんのこくはく》』を発表し、文壇で認められる。

精力的に作品を発表し続ける三島は、『**潮騒**《しおさい》』『**金閣寺**《きんかくじ》』などで次々に文学賞を受賞し、それ以外でもベストセラーを連発したり作品名が流行語になったりと、絶頂期を迎えていく。戯曲にも『鹿鳴館《ろくめいかん》』『近代能楽集』『サド侯爵《こうしゃく》夫人』などの傑作がある。

◉生きていれば間違いなくノーベル文学賞!?

日本の枠を超え、海外においても広く認められた世界的作家として、ノーベル文学賞候補に三島の名が挙がり、それ以降も引き続き受賞候補として話題に上った。

しかし、政治的な傾向を強めた三島は、民兵組織「楯《たて》の会」を結成した。

そして、1970年（昭和45年）11月25日、楯の会隊員4名と共に三島は自衛隊市ヶ谷駐屯地を訪れた。総監を監禁し人質にした三島は、自衛隊の決起を促したが果たせず、総監室に戻って割腹自殺を遂げた。この時、介錯したのが森田必勝《もりたまさかつ》という青年だった。その必勝も三島の後を追って切腹して亡くなった。三島は45歳、必勝は享年25歳の若さだった。三島と森田の忌日には、追悼集会「憂国忌」が行われている。

なお、切腹の様子を描いた『**憂国**《ゆうこく》』という三島の作品がある。この作品について、生前

◆三島由紀夫

三島は、「もし忙しい人が、三島の小説の中から一編だけ、三島のよいところ悪いところすべてを凝縮したエキスのやうな小説を読みたいと求めたら、『憂国』の一編を読んでもらへばよい」（『花ざかりの森・憂国』の解説）と書いている。

◉安部公房は前衛すぎてワカラナイ⁉

三島と同様、第二次戦後派作家を代表する**安部公房**《あべこうぼう》（1924-1993）は、東京帝国大学医学部在学中に文学を志し、医師国家試験は受けず、1951年（昭和26年）、『**壁－S・カルマ氏の犯罪**』で第25回芥川賞を受賞した。前衛的作品で、選考では意見が割れたが、話題となり100万部を突破するベストセラーになった。

『**砂の女**』は安部の代表作の一つで、昆虫採集に出掛けた男が、砂丘の穴に埋もれていく家に閉じ込められ、脱出を試みる不条理な物語だ。蟻地獄のような穴の中で男は、自由とは何か、そして自由であると思っていた自分は本当に自由だったのだろうかと自問自答する。シュールレアリスム手法の前衛小説により、社会における人間の実存を追究して世界的な評価を得、ノーベル賞候補にもなったが、理解するのに難解な作家の一人といえる。

その後『箱男《はこおとこ》』『方舟《はこぶね》さくら丸』など現代文学の傑作を書いた安部だが、68歳で急死した。

◉第三の新人はテレビとも深いかかわりがある⁉

戦後派から少し遅れて、1953年〜1955年頃にかけて文壇に登場した新人小説家たちのことを、評論家の山本健吉が「第三の新人」と命名した。第三の新人は、戦後派と違って特に主義主張を掲げることはなかったが、戦前の日本において主流であった私小説への回帰をはかった。芥川賞を受賞した安岡章太郎《やすおかしょうたろう》・吉行淳之介《よしゆきじゅんのすけ》・小《こ》島信夫《じまのぶお》・遠藤周作《えんどうしゅうさく》などがいる。

吉行淳之介（1924-1994）は、1954年（昭和29年）『**驟雨《しゅうう》**』で第31回芥川賞を受賞した。父は、作家・詩人の吉行エイスケ。母は美容師の吉行あぐり。妹は女優の吉行和子《かずこ》と詩人の吉行理恵《りえ》という個性あふれる一家だった。その様子は、1997年（平成9年）上期のNHK連続テレビ小説『あぐり』として放映された。

遠藤周作（1923-1996）は、1955年（昭和30年）、『**白い人**』で芥川賞を受賞。その後、キリスト教の神と信仰と愛をテーマとして正面から取り組んだ『**沈黙**』

などの作品を発表するとともに、テレビCMに「狐狸庵《こりあん》先生遠藤周作」として登場し、ユーモア溢れる随筆を書いたことでも有名だった。

◉石原慎太郎の『太陽の季節』とそれに続く芥川賞作家の活躍!!

政治家としても有名な**石原慎太郎《いしはらしんたろう》**（1932-）は、文壇デビューも衝撃的だった。まだ一橋大学法学部在学中の23歳の時に、『**太陽の季節**』で1955年（昭和30年）に芥川賞を受賞し、大ベストセラーになる。

『太陽の季節』は映画化され、弟・石原裕次郎《ゆうじろう》が俳優としてデビューするきっかけを作った。そして「太陽族」という流行語を作り、「慎太郎刈り」が巷《ちまた》にあふれた。

1956年（昭和31年）度の「経済白書」には、「もはや戦後ではない」という文言が記され、日本は高度経済成長期に入っていく。そうした中、石原に続く芥川賞作家が生まれ、それぞれの個性を発揮して活躍し始めた。

開高健《かいこうたけし》（1930-1989）は大阪生まれで、寿屋（現サントリー）の宣伝部で活躍していた。1957年（昭和32年）『裸の王様』で芥川賞を受賞したあと、作家としてベトナム戦争に従軍した経験をもつ。『**夏の闇**』は、ベトナム戦争で己を見失った主人公が、ひたすら眠り酒を飲み食べ女と交わる話だ。

大江健三郎《おおえけんざぶろう》（1935-）は、東京大学仏文科在学中に注目され、大学の卒論でもテーマとしたサルトルの実存主義の影響を受けた作風で、1958年（昭和33年）『飼育《しいく》』で芥川賞を受賞した。当時最年少での受賞であった。その後も日本を代表する作家として活躍し、1994年（平成6年）川端康成に続く日本人として二人目のノーベル文学賞を受けた。

◉その後も芥川賞作家の活躍は続く！

1960年（昭和35年）に『夜と霧の隅で』で芥川賞を受賞した北杜夫《きたもりお》（1927-2011）は、歌人斎藤茂吉の二男。船医として航海をした経験を『どくとるマンボウ航海記』にまとめた。1964年（昭和39年）の柴田翔《しばたしょう》『されどわれらが日々——』、1969年（昭和44年）の庄司薫《しょうじかおる》『赤頭巾ちゃん気をつけて』は、どちらも学生運動を背景にして書かれた作品で、百万部以上を売り上げるベストセラーになった。

中上健次《なかがみけんじ》（1946-1992）は、和歌山県新宮の被差別部落で、血縁も複雑な家系に生まれたことが作品の土台となった。1975年（昭和50年）『岬』で戦後生まれとして初めての芥川賞を受賞した。日本文学を背負っていくことを期待されながらも早世した。

◉文学以外の分野で活躍する人による文学賞の受賞が相次ぐ

１９７０年代以降の特徴として、文学以外の分野で活躍していた人による文学賞の受賞が挙げられる。

版画を中心に美術の世界で活躍していた**池田満寿夫**《いけだますお》（１９３４-１９９７）が『エーゲ海に捧ぐ』で芥川賞を、**赤瀬川原平**《あかせがわげんぺい》の名で前衛芸術家として活躍していた**尾辻克彦**《おつじかつひこ》（１９３７-２０１４）が『父が消えた』で芥川賞を、演劇界の**つかこうへい**（１９４８-２０１０）が１９８１年『蒲田《かまた》行進曲』で直木賞を、同じく演劇界の**唐十郎**《からじゅうろう》（１９４０-）が１９８３年『佐川君からの手紙』で芥川賞を受賞した。

また、次第に純文学と大衆文学、その他の文学の境界は曖昧なものとなり、**井上**《いのうえ》**ひさし**、**五木寛之**《いつきひろゆき》、**筒井康隆**《つついやすたか》、**松本清張**《まつもとせいちょう》、**司馬遼太郎**《しばりょうたろう》、**星新一**《ほししんいち》、**赤川次郎**《あかがわじろう》ら多くの魅力ある作家によるベストセラーが生まれた。

現代作家2
ダブル村上から又吉直樹まで

◉ダブル村上は、甲乙つけがたい才能の持ち主!!

「ダブル村上《むらかみ》」と言われる村上のうち、先にデビューしたのは**村上龍《りゅう》**（1952-）だった。武蔵野美大在学中に1976年（昭和51年）『**限りなく透明に近いブルー**』で芥川賞を受賞した。米軍基地の町で麻薬とセックスに明け暮れる若者の姿を描くといった過激な内容が、社会的な話題になり、大ベストセラーとなった。

その後も『コインロッカー・ベイビーズ』『五分後の世界』『インザ・ミソスープ』など

◆村上春樹（左）と村上龍

旺盛に作品を発表している現代日本文学を代表する作家の一人と言える。また、エッセイなどを通じて多くの社会的な発言をしたり、５００種類以上の職業を紹介した『13歳のハローワーク』を書くなど、小説以外の分野でも活躍している。

「ダブル村上」と言われるもう一人、**村上春樹《はるき》**（１９４９−）は、日本のみならず現代世界文学を代表する一人だ。１９７９年（昭和54年）に『**風の歌を聴《き》け**』で群像新人文学賞を受賞してデビューした村上春樹は、その後何度もノーベル文学賞の候補に挙げられているが、実は芥川賞は受賞していない（二回候補に挙げられただけ）。今となっては、当時審査員だった人の胸中は複雑だろう。

デビュー後、着実に独自の世界観を作り上げてきた村上春樹は、『**羊をめぐる冒険**』『**世界の終りとハードボイルド・ワンダーランド**』『**ノルウェイの森**』『**ねじまき鳥クロニクル**』『**海辺のカフカ**』『**１Ｑ８４**』などベストセラーを連発し、村上春樹ファン、通称「ハルキスト」を多数生んでいる。中でも春樹自身が装丁を手がけた『ノルウェイの森』は上下巻で４６０万部以上を売り（文庫本まで含めると一千万部超え！）、社会現象ともなった大ベストセラーだ。

◉1980年代以降、芥川賞・直木賞受賞の女流作家が大活躍!!

1980年代に入ると女性の芥川賞・直木賞受賞が相次ぐ。1985年には、両賞を受賞した4人のうち3人が女性作家（山口洋子《やまぐちようこ》・林真理子《はやしまりこ》・米谷《こめたに》ふみ子）だった。デビュー作『ベッドタイムアイズ』などで芥川賞にノミネートされた**山田詠美**《やまだえいみ》（1959－）は、1987年『ソウル・ミュージック・ラバーズ・オンリー』で直木賞を受賞した。1990年の『妊娠カレンダー』で芥川賞を受賞した**小川洋子**《おがわようこ》（1962－）は、その後『博士の愛した数式』でベストセラーを記録した。

また、作家ではないが女性が書いた本が大ベストセラーになったものとして、1981年に発売された**黒柳徹子**《くろやなぎてつこ》（1933－）の自伝的物語『窓ぎわのトットちゃん』は、日本国内で750万部を超える戦後最大のベストセラーとなり、歌集では、1987年に発表された**俵万智**《たわらまち》（1962－）の『サラダ記念日』が初版3000部からスタートして、最終的には280万部を超える売り上げを記録した。

女流作家で村上春樹同様、芥川賞候補になりながら受賞を逃しているのが**吉本ばなな**（1964－）だ。評論家で詩人の**吉本隆明**《たかあき》の次女として生まれ。日大文芸科卒業後の1987年（昭和62年）、23歳の時『キッチン』でデビューした。孤独でナイーブな現代的な人物を、みずみずしい感性と新鮮な文体で描いた同作はベストセラーとなり、一躍「ばなな現象」を起こした。『うたかた／サンクチュアリ』『TUGUMI』などが海外翻訳もされる人気作家の一人だ。

◉直木賞作家だって負けていない、エンタメ文学の力を見よ!!

芥川賞と同時に制定された直木賞だが、こちらは大衆小説作品対象の新人賞として多くの作家を世に送り出してきた。

1958年に『花のれん』で直木賞を受賞した**山崎豊子**《やまさきとよこ》（1924-2013）は、その作品の多くが映画・ドラマ化され、著書もベストセラーになった。『白い巨塔』や『沈まぬ太陽』など、骨太のテーマを扱い、社会問題に一石を投じた。

司馬遼太郎《しばりょうたろう》（1923-1996）は、国民作家といっていい水準の作品量と多岐に渡る活躍をして多数の読者を獲得している。筆名は「司馬遷に遼《はる》か及ばず」という意味で、1959年（昭和34年）『**梟**《ふくろう》**の城**』で直木賞を受賞すると、遅咲きの38歳で作家に専念した。『**竜馬**《りょうま》**がゆく**』『**坂の上の雲**』などの傑作を立て続けに発表した。

また、1943年（昭和18年）に『**日本婦道記《にほんふどうき》**』が直木賞に選ばれたが辞退した**山本周五郎《しゅうごろう》**（1903-1967）の「賞嫌い」は相当なもので、『**樅《もみ》ノ木は残った**』が毎日出版文化賞に選ばれるも辞退、『**青べか物語**』が文藝春秋読者賞に選ばれるも辞退している。

ただ、山本の功績を記念して、1988年より山本周五郎賞が発足し、直木賞の前哨戦的な位置づけになっているのは、なんとも皮肉な感じがしてならない。

◉直木賞作家と呼ばれるまでは落選落選!?

直木賞は、かつては芥川賞と同じく新人作家に対する賞であったが、現在では中堅～ベテラン作家が受賞することが多い。芥川賞が20～30代の受賞者が多いのに対して、直木賞のほうは30～40代の受賞者が多いという傾向がある。

しかし、2012年受賞の**朝井リョウ**は23歳、2015年受賞の**青山文平《ぶんぺい》**は67歳と、最近の受賞者の年齢の幅は広い。そして、中には何度も候補に挙げられながら涙を呑む作家も多い。

京極夏彦《きょうごくなつひこ》（1963-）や**江國香織《えくにかおり》**（1964-）は遅きに失した受賞であった感は否《いな》

めず、**宮部みゆき**（1960-）や**東野圭吾**《ひがしのけいご》（1958-）は、6度目の正直で直木賞を受賞している。

なお、今までの直木賞最多候補回数は**古川薫**《ふるかわかおる》（1925-）。なんと10度目の正直で1990年（平成2年）に『漂泊者のアリア』で受賞した。65歳7ヵ月での受賞だった。また、変わり種としては、**『点と線』『砂の器』**などを書いた**松本清張**《せいちょう》（1909-1992）は、最初『西郷札《さいごうさつ》』が直木賞候補になったあと、『或る「小倉《こくら》日記」伝』で芥川賞を受賞している。作家の資質としては、直木賞のほうが妥当であったように思われる。

◉240万部超えの『火花』、テレビドラマ化半沢直樹シリーズ!!

2000年代後半から、インターネットやスマホの普及により、文学は新しい展開を見せ始めると同時に、1996年をピークに日本の出版販売額は長期低落傾向が続いている中、メガトン級の売れ行きを示したのが、**又吉直樹**《またよしなおき》（1980-）の**『火花《ひばな》』**だ。

又吉は大阪出身でお笑いコンビ「ピース」のボケ担当として活躍していた。太宰治を敬愛するなど文学好きは有名だったが、2015年、初の小説『火花』で芥川賞を受賞し、240万部を超える大ベストセラーとなった。

テレビドラマ化されて高視聴率を記録した「半沢直樹《はんざわなおき》シリーズ」の原作『**オレたちバブル入行組《にゅうこうぐみ》**』を書いたのが**池井戸潤《いけいどじゅん》**（1963-）だ。池井戸は慶應義塾大学文学部および法学部を卒業後、三菱銀行（現・三菱東京UFJ銀行）に入行したが退職し、コンサルタント業のかたわら作品を書き始め、2011年『**下町ロケット**』で直木賞を受賞した。

◆又吉直樹

マ字日記』石川啄木著、桑原武夫編訳（岩波文庫）／『藤村詩抄』島崎藤村自選（岩波文庫）／『破戒』島崎藤村著（新潮文庫）／『夜明け前第一部上』島崎藤村著（新潮文庫）／『蒲団・重右衛門の最後』田山花袋著（新潮文庫）／『お目出たき人』武者小路実篤著（新潮文庫）／『小僧の神様・城の崎にて』志賀直哉著（新潮文庫）／『惜みなく愛は奪う』有島武郎著（岩波文庫）／『森鷗外全集』森鷗外著（ちくま文庫）／『夏目漱石全集』夏目漱石著（ちくま文庫）／『漱石全集』夏目漱石著（岩波書店）／『歌よみに与ふる書』正岡子規著（岩波文庫）／『墨汁一滴』正岡子規著（岩波文庫）／『病牀六尺』正岡子規著（岩波文庫）／『虚子五句集　付慶弔贈答句抄』高浜虚子作（岩波文庫）／『碧梧桐俳句集』河東碧梧桐著、栗田靖編（岩波文庫）／『宮沢賢治全集１～10』宮沢賢治著（ちくま文庫）／『中原中也詩集』中原中也著、吉田凞生編（新潮文庫）／『中原中也との愛―ゆきてかへらぬ』長谷川泰子著、村上護編（角川ソフィア文庫）／『中原中也』大岡昇平著（講談社文芸文庫）／『高村光太郎詩集』高村光太郎作（岩波文庫）／『芥川龍之介全集１～８』芥川龍之介著（ちくま文庫）／『ふらんす物語』永井荷風著（新潮文庫）／『摘録断腸亭日乗〈上・下〉』永井荷風著、磯田光一編（岩波文庫）／『刺青・秘密』谷崎潤一郎著（新潮文庫）／『細雪（上・中・下）』谷崎潤一郎著（新潮文庫）／『つれなかりせばなかなかに―文豪谷崎の「妻譲渡事件」の真相』瀬戸内寂聴著（中公文庫）／『殉情詩集・我が一九二二年』佐藤春夫（講談社文芸文庫）／『機械・春は馬車に乗って』横光利一著（新潮文庫）／『雪国』川端康成著（新潮文庫）／『伊豆の踊子』川端康成著（新潮文庫）／『風立ちぬ・美しい村』堀辰雄著（新潮文庫）／『梶井基次郎全集全一巻』梶井基次郎著（ちくま文庫）／『山椒魚』井伏鱒二著（新潮文庫）／『荻窪風土記』井伏鱒二著（新潮文庫）／『李陵・山月記』中島敦著（新潮文庫）／『蟹工船・党生活者』小林多喜二著（新潮文庫）／『堕落論・日本文化私観　他二十二篇』坂口安吾著（岩波文庫）／『暗い青春／魔の退屈』坂口安吾著（角川文庫）／『晩年』太宰治著（新潮文庫）／『斜陽・人間失格・桜桃・走れメロス外七篇』太宰治著（文春文庫）／『夫婦善哉決定版』織田作之助著（新潮文庫）／『Ambarvalia/旅人かへらず』西脇順三郎著（講談社文芸文庫）／『谷川俊太郎詩集』谷川俊太郎著（思潮社）／『花ざかりの森・憂国―自選短編集』三島由紀夫著（新潮文庫）／『モオツァルト・無常という事』小林秀雄著（新潮文庫）

ほか、多くの先人の著書、研究に感謝いたします。

【引用および主な参考文献】

『新編日本古典文学全集１～88』（小学館）／『日本の詩歌１～30』（中央公論新社）／『新潮日本文学アルバム１～75』（新潮社）／『日本文学史序説上・下』加藤周一（ちくま学芸文庫）／『日本近代文学の起源』柄谷行人（講談社文芸文庫）／『近代文学の女たち』前田愛（岩波現代文庫）／『日本文学史　古代・中世篇～近代・現代篇』ドナルド・キーン著、土屋政雄ほか翻訳（中公文庫）／『原色シグマ新国語便覧―ビジュアル資料』国語教育プロジェクト著（文英堂）／『原色シグマ新日本文学史―ビジュアル解説』秋山虔ほか編著（文英堂）／『常用国語便覧』加藤道理編集（浜島書店）／『新潮日本文学辞典』磯田光一ほか編集（新潮社）／『一度は読もうよ！日本の名著　日本文学名作案内』宮腰賢監修（友人社）『拾遺和歌集』武田祐吉校訂（岩波文庫）／『新潮日本古典集成　山家集』西行著、後藤重郎校注（新潮社）／『新潮日本古典集成　金槐和歌集』源実朝著、樋口芳麻呂校注（新潮社）／『新潮日本古典集成　本居宣長集』日野龍夫校注（新潮社）／『解説百人一首』橋本武著（日栄社、ちくま学芸文庫）／『百人一首（イラスト学習古典）』山田繁雄著・渡辺福夫画（三省堂）／『愚管抄　全現代語訳』慈円著、大隅和雄訳（講談社学術文庫）／『藤原道長（人物叢書）』山中裕著、日本歴史学会編集（吉川弘文館）／『現代語訳吾妻鏡』五味文彦ほか編（吉川弘文館）／『和歌文学大系　後鳥羽院御集』寺島恒世著、久保田淳監修（明治書院）／『花伝書（風姿花伝）』世阿弥編、川瀬一馬校注（講談社文庫）／『狂雲集』一休宗純著、柳田聖山訳（中公クラシックス）／『雨月物語』上田秋成著、高田衛ほか校注（ちくま学芸文庫）／『南総里見八犬伝（一）』曲亭馬琴作、小池藤五郎校訂（岩波文庫）／『現代語訳学問のすすめ』福澤諭吉著、斎藤孝訳（ちくま新書）／『当世書生気質』坪内逍遥作（岩波文庫）／『ザ・シェークスピア―全戯曲（全原文＋全訳）全一冊』シェークスピア著、坪内逍遥翻訳（第三書館）／『浮雲』二葉亭四迷著（新潮文庫）／『金色夜叉』尾崎紅葉著（新潮文庫）／『多情多恨』尾崎紅葉作（岩波文庫）／『明治文學全集６　明治政治小説集（二）』柳田泉編集（筑摩書房）／『五重塔』幸田露伴（岩波文庫）／『歌行燈・高野聖』泉鏡花著（新潮文庫）／『草迷宮』泉鏡花著（岩波文庫）／『楚囚之詩』北村透谷著（日本近代文学館）／『内部生命論』北村透谷著（青空文庫）／『大つごもり・十三夜』樋口一葉著（岩波文庫）／『にごりえ・たけくらべ』樋口一葉著（新潮文庫）／『みだれ髪』与謝野晶子著（新潮文庫）／『啄木・ロー

板野博行（いたの・ひろゆき）
岡山朝日高校、京都大学文学部国語学国文学科卒。ハードなサラリーマン生活の後、カリスマ予備校講師を経て、著作業に専念している。
著書に、『眠れないほどおもしろい吾妻鏡』『眠れないほどおもしろい信長公記』『眠れないほどおもしろい万葉集』（以上、三笠書房《王様文庫》）、『読めば100倍歴史が面白くなる名将言行録』（角川文庫）の他、多数。

だいわ文庫

2時間《じかん》でおさらいできる日本文学史《にほんぶんがくし》

著者 板野博行《いたのひろゆき》

二〇一六年一一月一五日第一刷発行
二〇二三年八月二〇日第二刷発行

発行者 佐藤 靖
発行所 大和《だいわ》書房
東京都文京区関口一―三三―四 〒一一二―〇〇一四
電話 〇三―三二〇三―四五一一

フォーマットデザイン 鈴木成一デザイン室
本文デザイン・柱イラスト 福田和雄(FUKUDA DESIGN)
本文イラスト 中口美保
本文印刷 信毎書籍印刷
カバー印刷 山一印刷
製本 ナショナル製本

ISBN978-4-479-30623-8
乱丁本・落丁本はお取り替えいたします。
http://www.daiwashobo.co.jp